龍雲
B.c.N.y. 繪
黑夜決鬥者
The duel in the night

黑夜決鬥者

The duel in the night

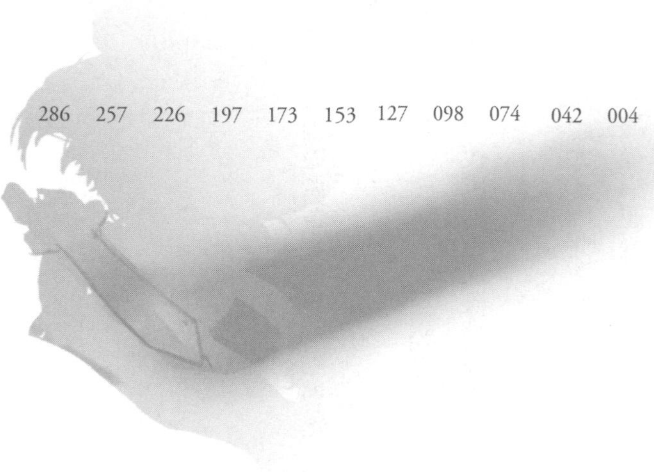

第1章・光與影

1

——J女中決戰前，么洞八廟。

為了即將到來的大戰，也為了幫鍾馗派留下最後一點希望，阿吉緊鑼密鼓地將所有口訣，傳授給自己的學生葉曉潔。

在經過幾個禮拜的努力之後，就在今天晚上，口訣的教授終於告一段落了。

在聽完曉潔背誦出最後一段口訣之後，阿吉深深地呼出了一口氣，心中感覺真的有顆大石頭放了下來。

由於時間緊迫，加上口訣的數量龐大，因此這些日子以來，兩人幾乎是不眠不休，每天都傳授口訣到三更半夜才結束。這樣一連趕了幾個禮拜，終於在今天畫下了個完美的句點。

雖然說會選擇曉潔，就是因為曉潔的記憶力驚人，比起當年的阿吉來說，絕對是有過之而無不及。

即便阿吉擁有跟曉潔一樣過目不忘的傲人記憶，不過當年由於年紀很小，加上阿吉與呂偉道長並沒有像現在這樣必須在極為有限的時間內完成口訣的傳授，因此光是那套從鍾馗祖師所傳承下來的口訣，就花了半年以上的時間。

更不用說呂偉道長用來補足的口訣，是在那之後的多年時間中，一點一滴創造出來並且傳授給阿吉的。

除了上述的兩套口訣之外，還有阿吉這些年對於操偶技巧所創造出來的口訣，雖然不像前面兩套口訣那樣博大精深，不過其中包含了很多操偶的技巧以及訣竅。

在沒有時間可以好好教導曉潔操偶的情況之下，這是阿吉的補救措施，希望日後曉潔在練習操偶的時候，可以照著口訣之中的一些步驟，日益精進自己的技巧。

綜合這些，光是在記憶量的方面，曉潔就已經是當年阿吉的三倍，而且時間還不到六分之一，就連阿吉自己也不敢想像，如果當年的自己處於同樣的情況之下，是不是真的可以記得下來。

不過曉潔的記憶力確實沒有讓阿吉失望，在教授的過程之中，阿吉也不時提醒過去教過的內容，曉潔也確實都還記得。只要曉潔沒忘記，每天再花點時間複習，應該就不成問題了。

至少，現在阿吉也只能這麼告訴自己。

因此在聽完曉潔背誦出最後一段口訣之後，阿吉才會如此深深地呼出了一口氣，這代表著心中的一顆大石頭，而且是一顆異常沉重的大石，終於放了下來。

不管接下來的事情如何發展，只要保住曉潔，鍾馗派至少還有傳承下去的機會。當然這時候的阿吉不可能知道，到頭來就連曉潔也會被捲入最後的決戰之中。所以在這個時候，阿吉真的是完全鬆了一口氣，如釋重負的感覺湧現心頭。

「這就是全部的口訣了？」曉潔問。

阿吉抿著嘴緩緩地點了點頭，看到阿吉點頭，曉潔也大大地吐了一口氣。當然這些日子宛如填鴨式的口訣傳授，對阿吉來說或許還輕鬆一點，曉潔才是真正傷腦筋的人，就連過去引以為傲的記憶力，在這種時刻都顯得有點不足了。

因此好不容易勉強學完了口訣，真的讓曉潔鬆了一口氣，如果還有更多的口訣，就連曉潔自己都不敢保證自己是不是真的可以記得住了。

至於傳授口訣的這件事情，雖然阿吉沒有明說，但是曉潔大概也知道阿吉傳授口訣給自己的用意。

沒人可以預料接下來事情會如何發展，這也算是一種保險。為鍾馗派這個古老且頹敗的門派，留下最後一條「希望不會用到」的血脈。

兩人時間很趕，因為沒人知道對方何時會下手，因此在這段時間裡面，兩人從學校一起回來之後，都會像這樣一直傳授口訣，直到三更半夜，好不容易在今天，一切口訣的傳授告一段落，不管怎麼說，都應該是值得慶祝的時刻。

不過阿吉的臉上，卻不知道為什麼浮現出猶豫的神情。

「怎麼啦？」看到阿吉的樣子，曉潔問：「教完口訣了你不開心嗎？」

「不是，」阿吉緩緩地搖搖頭說：「我是在考慮，接下來該告訴妳的事情，是不是真的需要說。」

「啊？」曉潔不解。

「算了，」阿吉揮了揮手：「還是說一下好了。雖然可能沒有意義，不過還是應該簡單跟妳說一下。」

「什麼啊？」

「就是我先前在教妳關於人逆魔跟人逆靈的時候，跟妳提過的事情。」阿吉皺著眉頭說：「在教完口訣之後，照慣例，就是該跟妳說明這件事情的時候了。」

「說明就說明啊，」曉潔一臉狐疑：「有必要那種表情嗎？」

「有，」阿吉若有所思地點了點頭：「因為我不喜歡做沒有意義的事情。」

雖然阿吉不管是外表還是內心，都很討厭被拘束，想法也很前衛，不過一提到跟鍾馗派相關的東西，還是不免嚴肅、老派。

畢竟這是阿吉對自己師父呂偉道長的一種尊敬，雖然平常跟呂偉道長講話，感覺起來似乎有點沒大沒小，但是在阿吉的內心之中，確實非常尊敬自己的師父。

因此一說到這些由呂偉道長所傳授下來的東西，阿吉自然也變得比較嚴肅一點，完全沒有像照片那樣在眾多大人物身後搗亂的模樣。

所以即便感覺時至今日，講這些「歷史」似乎已經沒有意義，但是阿吉最後還是決定至少把當年的始末，告訴曉潔。相對地，也算是對這段過去的一種交代。

「跟我來吧。」

阿吉帶著曉潔，來到了呂偉生命紀念館外。

「這裡以前，」阿吉指著呂偉生命紀念館對曉潔說：「是我師父的寢室……也是他最後往生的地方。」

想不到阿吉突然提起這個嚴肅的話題，讓曉潔立刻也沉下了臉，靜靜地聽著。

「我還記得，」阿吉接著說：「那時候我師父問我的最後一句話。『宿命，你懂嗎？』這就是我師父問我的話。」

聽到阿吉這麼說，曉潔立刻想起昨天阿吉稍微提過關於鬼王派的事情。

「一切都是從那一對雙胞胎開始。」阿吉淡淡地說：「在第六代傳人突然仙逝之後，由於口訣的傳授並沒有完全，在完全沒有傳人的情況之下，幾個主要的弟子，就連學過的口訣都有點對不起來。雖然當代的幾個師兄弟沒有起什麼太大的爭執，因為彼此之間還有著深厚的師兄弟之情，但是當他們各照著自己的想法，將口訣傳承下去的時候，分歧與嫌隙就越來越大，這也是埋下了日後鍾馗派分為四派的種子。而這個分裂，就發生在第九代的時候，從此鍾馗派就成為了妳現在所知道的東、南、西、北四派。」

曉潔點了點頭。

「雖然第六代的去世太過於突然，」阿吉接著說：「而傳人也還沒有挑選出來，不過在當時來說，還是以鍾馗派的本家，也就是鍾馗祖師的後裔作為傳人。雖然分裂成四派，而且也沒有正統的傳人，不過原則上，大家還是尊屬於北派的鍾家為本家。其他三派只是各自對口訣的詮釋有所不同罷了。然而這樣的情況，卻在一對雙胞胎的誕生之後，有了改變。那是發生在鍾馗派第十三代的時候，鍾家本家誕生了一對雙胞胎。這對雙胞胎，就是徹底改變鍾馗派的兩個人。」

「雙胞胎？」

「嗯，」阿吉點了點頭說：「雙胞胎的哥哥，是當時北派的掌門，雖然北派的口訣，比起其他三派還要完整，不過也已經越來越不夠了，雙胞胎的弟弟為了想要從口訣中得到更多領悟，於是選擇墮入魔道。即便兩兄弟從小感情極佳，但是到了這個地步，也沒有辦法繼續當兄弟了，在弟弟墮入魔道之後，從此兄弟反目成仇。」

感情極佳的兄弟鬩牆，似乎是鍾馗派長年下來被詛咒的命運，這點後來也算是在阿吉與阿畢之間得到了證實，雖然兩人不是真正的兄弟，但是從小就一起長大，彼此之間的情感也像兄弟一樣，最後還是必須決一死戰，不過這時候的阿吉還不知道他們兩個會走到這個地步，因此沒什麼好感慨的。

「弟弟後來成立了門派，」阿吉接著說：「就是所謂的鬼王派，而哥哥與北派也因為出了這樣的人，導致聲望不再，從此其他三派也不再奉北派與鍾家為本家。四派之間的嫌隙與矛盾，也是從這裡開始的。不過比起鍾馗派四派之間的嫌隙，更嚴重的就是鬼王派。在那之後，鍾馗派徹底分裂分成了兩派，一個是鬼王派、一個是鍾馗派，就像是呼應鍾馗祖師在人世間的兩種面貌一樣。雙方就好像水與火一樣，不容於世，彼此之間大小紛爭不斷。不管哪一代，只要是遇上了，總免不了一番惡鬥。而其中有三次，演變成了雙方全面性的血腥大戰，不論哪一次，幾乎都讓雙方付出慘重的代價。而最後一次大戰，就是在清朝乾隆年間的那場，歷時一個月的惡鬥，雙方死傷無數，幾乎血洗了一座城，情況之慘烈，甚至驚動到當時的朝廷。」

「真的有必要這樣互相殘殺嗎？」聽到阿吉這麼說，曉潔完全沒有辦法了解。

「嗯，」阿吉點了點頭說：「現在的妳、我或許沒有辦法了解，但是聽我師父說，雙方的恩怨已經累積無數代，彼此之間仇恨很深，已經不再是單純門派之間的爭鬥，而是私人恩怨居多。」

說到這裡，阿吉也不免嘆了一口氣。

「唉，」阿吉說：「總之當時的血鬥太過於慘烈，據傳言當年皇上還下詔書，禁止兩派繼續惡鬥下去，這也是我們鍾馗派歷史上有名的『止戰之詔』。相傳這張詔書，現在還收藏在南派的頑固廟之中，不過不像么洞八廟一樣，詔書被鎖在金庫之中，沒有任何人可以參觀。而這詔書開頭便點明了，本是同根生，相煎何太急，其實也算一語道破我們兩派之間的關係。」

曉潔點了點頭，贊成詔書所寫的內容。

「不管是詔書起了效用，」阿吉搖搖頭說：「還是這場戰鬥太過於嚴重，最後的這一場血戰，也算是終結了雙方多年的恩怨。在那之後，聽說鬼王派損傷慘重，成了鬼王派最後徹底衰敗的關鍵，最後幾乎完全消失在歷史的舞台上，從此消聲匿跡。」

聽到這裡，曉潔一臉沉重。

「一直到今天，」阿吉聳了聳肩說：「幾乎可以確定鬼王派已經不存在了，所以我才覺得不是很有意義，不過基於歷史傳承的關係，我想還是應該將這段歷史告訴妳。」

阿吉一臉沉重，皺著眉頭說：「沒有什麼比手足相殘更讓人覺得遺憾的事情了，而這……或許是鍾馗派的『宿命』，也說不定。」

當然，阿吉說出這句話的背後，其實意味深遠，只可惜當時的曉潔還沒辦法體會。

或許如果後來的決戰，有了不一樣的結果，阿吉沒有失蹤，他可能會找個時間，好好把這其中的細節告訴曉潔。

不過在那場J女中決戰之後，阿吉就失蹤了，當然，這晚兩人之間的對話也成為曉潔對鬼王派的僅有認知。

2

時間回到曉潔與鬼王派的人歷史性相遇的這一刻。

為了對付那個在網路上跟自己的小說針鋒相對的對手，詹祐儒將曉潔跟亞嵐騙出來，原本的目的只是想要打探敵情，卻萬萬想不到，竟促成了這樣歷史性的相遇。

對方竟然會是鬼王派的……

這對曉潔來說，是想都沒有想過的狀況。

原本還躲在窗台邊偷看的三人，被對方揭穿之後，只能繞回正門，與男子面對面。

曉潔跟著兩人一起走進屋內，男子依舊站在那裡，宛如狐狸般眼角勾起的雙眼，緊緊地凝視著曉潔。

三人終於在這面對面的時刻，可以好好看清楚男子的模樣。

男子有著一對大眼睛，雖然五官深邃，但是看起來卻帶著一點危險與無賴的模樣。跟近年突然爆紅的那位男藝人一樣，給人帶些邪氣、放浪不羈的感覺。當然，那是在那位藝人說出「滿滿的大平台」這種莫名其妙的話之前……

看到男子的外貌，

亞嵐不得不承認對某些女生來說，這樣的外貌會是一種天菜，雖然不是亞嵐的菜，不過亞嵐絕對可以理解把男子當作天菜的女生。至少這是亞嵐看到對方時，對外貌最直接的感覺。

不過，在曉潔的眼中，卻不是這麼一回事。

單純就外表來說，不知道為什麼，這男人舉手投足之間，確實有點阿吉的味道。不過在曉潔的腦海裡面，浮現的卻是當時在J女中決戰時期的阿畢。

所謂的鬼王派，就是像那時候的阿畢那樣嗎？這男人，真的也跟阿畢一樣強嗎？

雖然就結果來說，阿畢最後還是沒能贏過阿吉，不過當時阿畢那恐怖的模樣，還是深深烙印在曉潔的心中。如果阿吉最後，沒有拿出那個壓箱寶拚個同歸於盡的話，恐怕最後的結果是完全倒過來的，阿吉被虐殺，自己恐怕也難逃嚴刑拷打、被人逼問口訣的下場。

當然，如果曉潔夠冷靜的話，應該可以回想起來，阿吉在傳授口訣的時候，曾經說過鬼王派與阿畢這種墮入魔道的人，兩者之間還是有些區別。可是現在的曉潔，滿腦子都是阿畢當時壓著阿吉打的模樣。

因此即便曉潔的臉色故作鎮定，但是內心卻認定自己已經犯下了難以挽回的大錯。

如果對方真的要在這邊動手，自己可能連點抵抗的能力都沒有。

不只有曉潔這邊的三個人打量著男子，同樣是初次見面的男子，也歪著頭上下打量著曉潔。

看到對方眼光遊走的模樣，讓詹祐儒有點不悅，甚至都快要出言制止了。

還好，對方打量了一會之後，一臉不屑地哼了一聲之後，對著曉潔說：「我一直以為本家的人，都是光明正大，整天大搖大擺地走在大街上，想不到竟然是躲在窗戶旁邊偷看別人的鼠輩啊，這好像不是很正派，不是嗎？本家的小姑娘？」

雖然對方所說的話，讓三人感覺到不平，不過被當場抓到偷看也是事實，曉潔跟亞嵐自然也沒什麼話說，然而上過節目，又習慣成為眾人焦點的詹祐儒，可沒那麼容易屈服。

「不要在那邊本家、本家的叫，」詹祐儒回道：「人家沒有名字嗎？跟你很熟嗎？」

聽到詹祐儒這麼說，對方臉一沉，連頭都沒有轉，一對眼珠子立刻轉向詹祐儒，惡狠狠地瞪了他一眼。

光是這一眼，就讓詹祐儒有種背脊發寒的感覺，原本還打算多說幾句的話，全都吞到了肚子裡面。

由於男子的長相本來就有點邪氣，此刻眼神如此犀利，讓人看起來的確還真有點不寒而慄。

男子直直瞪著詹祐儒，確定他不再繼續多嘴之後，將眼光轉回到曉潔身上。

「既然有人有意見，」男子對曉潔說：「那……本家的小姑娘，該怎麼稱呼妳呢？」

看到對方想知道曉潔的名字，詹祐儒又忍不住站出來當護花使者。

「那個……」然而還是多少有點忌諱男子，讓詹祐儒有點畏縮地說：「問人家名字之前，不是應該先報……報出自己的名字嗎？」原本還想要多補一句「這是基本禮儀，你這個沒禮貌的傢伙」，但是心中的恐懼再度讓詹祐儒吞下這句充滿敵意的話。

男子聽了冷冷地笑了一聲，然後略微仰起了下巴說：「我叫做鍾家續。」

說完之後，用手比了比曉潔。

鍾家續……

曉潔在心中默唸了一次對方的名字。

「我叫做葉曉潔。」同樣的簡短，曉潔說出了自己的名字。

鍾家續將眼神轉向了站在曉潔身旁的亞嵐。

「我是林亞嵐。」

照這個順序，接下來就該輪到詹祐儒了，豈料詹祐儒張開嘴，正準備說出自己的名字時，鍾家續冷冷地晃了晃手說：「你就不必了。」

被人如此冷落並且屈辱的對待，讓詹祐儒火一上來，又準備跟對方好好吵一下，卻被一旁的林亞嵐拉了拉手，示意要他不要亂。

「如何？」鍾家續雙眼凝視著曉潔，冷冷地說：「葉曉潔，我們應該在這邊分出個勝負嗎？」

「我沒有這個意思。」

「沒有這個意思？」鍾家續一臉不屑：「所以正面對決不是妳的意思，妳只打算來陰的囉？」

面對鍾家續的冷言冷語，曉潔仍舊面無表情地，淡淡地說：「不，我沒有要對決的意思。」

「沒有那個意思？」鍾家續用手比了比後面的窗戶說：「那妳躲在窗戶邊偷看是什麼意思？」

「因為學長在網路上聽到關於你的傳聞，」曉潔回答：「認為你的手法跟我很像，所以才會帶我們來看看，確認是不是我們鍾馗派的人，想不到……」

「想不到竟然只是邪魔歪道的我，是嗎？」鍾家續沉著臉冷冷地說。

聽到鍾家續這麼說，就連亞嵐也不免皺起眉頭來。

「同學，」亞嵐不悅地說：「你講話一定要這麼帶刺嗎？曉潔都已經說了，她沒有這個意思。事實上，我們兩個也是被騙來的，你沒有必要敵意那麼深吧？不過就只是小說創作，真的有必要這麼文人相輕？」

亞嵐完全不了解鍾馗派與鬼王派之間的事情，還以為鍾家續之所以那麼有敵意，都是因為詹祐儒的小說創作，而他如此的態度只是一種文人相輕的表現。

「小說創作？」鍾家續不以為然地搖搖頭：「看樣子他們兩個還不知道事情的嚴重性，妳挑跟班的眼光不是很好啊。」

「他們不是我的跟班，」曉潔沉著臉說：「是我的朋友。」

聽到曉潔這麼說，詹祐儒的眼光都亮了起來，甚至有點泛出淚來。

朋友——多麼親密的關係啊，嘿嘿。

「聽到沒有？我們是『朋友』！」詹祐儒在內心對著鍾家續嗆了這麼一句話。

就在詹祐儒為了曉潔的一句話而感動不已的時候，身後突然傳來一個女子的聲音。

「阿續，你還沒解決完嗎？」

曉潔等三人聽了立刻一起轉過頭，只見一個女的拿著手調飲料走了進來。

「哇！」女子看到三人也嚇了一跳：「開趴啊？怎麼突然冒出那麼多人？阿續這些人是你朋友啊？」

鍾家續緩緩地搖了搖頭。

當然三人從女子的話聽起來，可以確定女子跟鍾家續是認識的，或許就是跟三人一樣，是一起來處理案件的友人或同學。

一想到這裡，詹祐儒立刻想起來，在網路上那些關於鍾家續抓鬼伏妖的文章，似乎就是一個女性作者所寫的……

「妳該不會就是那個……米古魯兔吧？」詹祐儒問。

在網路上 PO 出「驅魔男神」的作者，正是用米古魯兔這個 ID。

想不到那女子一聽，臉上頓時浮現出驚訝的表情，然後想了一會之後，用手指著詹祐儒說：「你該不會就是那個詹祐儒吧？」

女子用問題代替了回答，詹祐儒這邊則根本沒有回答，直接瞇著眼睛凝視著這個叫做米古魯兔的女子。

果然是仇人相見，分外眼紅，在相認之後，雙方都是瞪著對方，臉上均是一副不以為然的模樣。

這才是亞嵐所謂的文人相輕，雖然說這兩個人算不算文人還有討論的空間，但是那股敵意確實血淋淋地浮現在兩人的臉上。

雖然不比鍾馗派跟鬼王派之間，如此恩怨糾葛千年，不過兩人之間的競爭意識，恐怕遠在曉潔跟鍾家續之上。

「哼，」米古魯兔冷哼了一聲：「跟我想的一樣，一臉窮酸樣，還找人來留言，什麼我抄襲你。看清楚！真材實料！」

米古魯兔一臉驕傲，用手比著鍾家續，彷彿他是個人見人愛的大明星一樣。

「哈！」詹祐儒皮笑肉不笑：「妳那也可以叫做真材實料，張大妳的眼睛看看，這才是真材實料，看到沒？」

詹祐儒不甘示弱地用手比著曉潔，最後甚至一度將手停在胸部附近。

「妳有嗎？飛機場。」

詹祐儒用眼睛瞇著很明顯胸部不如曉潔雄偉的米古魯兔，此話一出不只米古魯兔張大嘴不敢置信，就連應該屬於詹祐儒這邊的曉潔跟亞嵐，都忍不住翻了白眼，亞嵐甚至出腳踩了詹祐儒一下。

「看到沒？低俗的傢伙，連自己的同伴都看不下去了。」

「低俗？妳是在說妳的男神吧？打從一開始講話就酸溜溜，不知道是不是喝胃酸長大的。」

「總比你好吧？沙豬主義，只會批評別人的身材。」

兩人就這樣鬥起嘴來，完全不管旁邊還有其他人在。

然而在兩人鬥嘴的期間，鍾家續跟葉曉潔完全沒有理會，只是互相看著對方。

兩人這邊的戰火，絕對不是另外一邊所能想像的。

或許兩人之間沒有任何恩怨，不過光是背負在身上的這些包袱，不是兩人說甩就可以甩得掉的。

「不管妳原本的本意為何，」鍾家續淡淡地說：「既然來了，就分個勝負吧。」

此話一出，就連一旁正吵得不可開交的米古魯兔跟詹祐儒也安靜了下來。

「把妳的本命拿出來吧。」鍾家續說。

「我……」

本來曉潔還想回答：「我沒有本命戲偶。」但是突然想到對方是鬼王派的，這樣自曝其短似乎有點自找死路，於是改口說：「我沒帶來。」

鍾家續挑眉一臉狐疑，不過看了看三人，的確並沒有帶著可以裝戲偶的箱子，讓鍾家續無奈地搖搖頭。

「放心，」鍾家續說：「我不會佔妳便宜，既然妳沒有帶來，那我們就改用拳腳吧。」

聽到鍾家續這麼說，曉潔還沒有反應，不過一旁的亞嵐跟詹祐儒可是張大了嘴一臉不敢置信的模樣。

「還是妳想要開壇鬥法？我可是都無所謂啊？」

曉潔還沒有回答，詹祐儒卻率先跳出來。

「你還是不是男人啊？」詹祐儒嚷著：「竟然要跟女人打架？」

「啊？」鍾家續垮下了臉：「你們不懂的外人少開口，問問你的朋友，搞清楚事情之後再來說吧。」

當然鍾家續口中的「你的朋友」，指的當然就是曉潔。

「我不覺得，我們需要拚個你死我活才行。」這是曉潔的肺腑之言。

畢竟當時因為時間緊迫，阿吉只有簡單地告訴曉潔過去的一些歷史，至於其中的恩恩怨怨、是是非非，都沒有能夠好好跟曉潔說。

因此，就算眼前這個真的就是鬼王派的傳人，對曉潔來說，雙方是井水不犯河水，根本沒有必要一定要分個勝負。

「這句話從本家的人口中說出來，還真是諷刺啊。」鍾家續冷冷地說。

「走吧，跟他們沒什麼好說的。」詹祐儒揮了揮手說：「還是說，你就是想打女人？」

聽到詹祐儒這麼說，鍾家續臉色一沉，惡狠狠地瞪著詹祐儒。

不過此時不比彼時，對方都已經開口想要打女人了，即便詹祐儒再害怕，似乎也真的不能坐視不管。

「如果你真的要動手，」詹祐儒鼓起勇氣，但是聲音不免還是有點顫抖：「我……我也不會袖手旁觀，即使我真的反對任何形式的暴力。」

當然如果鍾家續真的撲向曉潔，不管平常詹祐儒如何反對暴力，也不可能坐視不管，不要說詹祐儒，就連一旁的亞嵐也不可能看著自己的朋友被人欺負。

不過這些都不是鍾家續的意思，這點對鍾家續來說，本來就是個悶虧。

他所指的動手，根本就是道士對道士之間的死鬥，也就是所謂的鬥法、比武以及跳鍾馗，雖然結果可能遠遠比真的像流氓一樣大打出手還要血腥，不過完全不是亞嵐跟詹祐儒所想像的那樣。

這就是鍾家續吃的悶虧，明明就不是詹祐儒講的那樣，但是現在如果自己真的糾纏下去，不是也變成是了。

因此，沉默了一會之後，鍾家續緩緩地伸出手，比向門的方向。

亞嵐跟詹祐儒見了，紛紛轉身準備離開，曉潔則是不願意背對鍾家續，慢慢一步步退到了門口，出了門之後，才轉身跟著兩人一起離開。

看到三人離開之後，米古魯兔一臉不悅，當然即便是她，也不知道鍾馗派跟鬼王派之間的恩恩怨怨，不過光是跟詹祐儒見到面，就足以讓她想吐了。

「咕，真是不愉快的一天啊。」

米古魯兔回頭看著鍾家續，鍾家續握著拳仍然站在那邊，眼睛仍然看著門口的方向，雖然不明顯但是可以看得出來，鍾家續緊握的拳頭，正在微微顫抖。

3

「就好像有光的地方，就會有影子。」曉潔對亞嵐解釋：「鬼王派，就是鍾馗派的影子。」

這恐怕是最直接且白話的說法了，然而事實上也是像曉潔所說的一樣。

從鍾馗派衍生出來的鬼王派，確實就好像鍾馗派的影子般，而打從鬼王派誕生的那一天開始，鍾馗派與鬼王派之間，就產生了一場光與影之間的無限對抗。

雖然曉潔知道的不多，不過還是盡可能地向亞嵐解釋為什麼兩人看起來就像是同門，卻彼此又有點像是仇人一樣的關係。

只是，關於仇恨這一點，其實不要說亞嵐了，就連曉潔也不清楚，雙方為什麼會有如此不共戴天的仇恨。

或許從某個角度來說，就好像台灣分裂的意識形態吧？

然而，這樣的意識形態，真的可以讓人像發瘋一樣，完全失去理智，需要殺個你死我活才罷休嗎？

這點不管是曉潔還是亞嵐，都沒有辦法理解。

回程的路上，曉潔就這樣將鬼王派與鍾馗派之間，自己所知道的事情，告訴了兩人。

回到廟裡之後，曉潔才終於有機會好好沉澱下來。

——我真的有資格繼承這樣古老又傳統的門派嗎？

這樣的想法，在今天遇到了鬼王派的傳人之後，再度浮現在曉潔的腦海之中。

當然，如果曉潔有得選擇的話，而且阿吉有詢問過她的意見的情況之下，曉潔肯定會因為自己自認還沒有那個資格與能力，扛下這樣的重擔而婉拒。

但是，曉潔並沒有這樣的機會。

在繼承了鍾馗派之後，經過了高三那一年，由於升學的壓力，加上學校的那些管制，也意外讓曉潔有了一小段安靜的日子。

那時候類似這樣的問題，就不曾浮現在曉潔的腦海。

面對這樣的重擔，相對之下曉潔也只有戰戰兢兢，每天重複練習，避免自己有所缺漏。

相對地，那時候也沒有這些妖魔鬼怪，更沒有鬼王派的傳人。

單純的生活，讓這個問題雖然一直存在，但是卻不曾浮現出來過。

但是上了大學之後，這個問題三不五時都會浮現在曉潔的腦海之中。

尤其是從迎新晚會上遇到那次事件之後，這個問題第一次出現在曉潔的腦海。

只是記熟所謂的口訣，真的就夠了嗎？

自己真的能夠保護好這些口訣嗎？

自己對這些口訣的了解程度，真的足以傳給下一個人嗎？

就算自己真的找到了那個適合的人選，在傳授口訣的時候，對方問了一堆問題，自己真的有辦法回答嗎？

記得阿吉在傳授自己口訣的時候，自己的問題也不算少。

那時候的自己老是問東問西，這個你有沒有遇過？那個你有沒有看過？

然而那時不管曉潔問什麼，阿吉都有辦法回答。

如果自己在傳授口訣的時候，對方也跟自己一樣問東問西，自己肯定沒有辦法回答得出來。

這樣，真的可以嗎？

只記好口訣，真的就夠了嗎？

這些問題，就是在與鬼王派的傳人鍾家續見面之後，曉潔心中最真實的疑惑。

4

打開大門，鍾家續走進家中，將大門關上的同時，彷彿也將另外一個世界隔絕在外。

即便是從小就住在這裡的家，可是每次關上大門，總會給鍾家續這種與世隔絕的錯覺。

這裡是鍾家續的老家，打從鍾家續有記憶以來，自己就住在這個家中，沒有搬遷過。而這個家同時也是鬼王派最後一個傳承下來的家庭，住在這個家裡面的人，只有鍾家續跟他的爸爸鍾齊德兩個人而已。

這就是鬼王派的現況，彷彿風中殘燭一般，隨時都可能會熄滅。

與鍾馗派不同的是，鬼王派大多是父傳子，鍾馗派大多是以一座廟宇為主，一個師父可以有許多徒弟，因此鍾馗派常常出現一個桃李滿天下的大道長，但是鬼王派卻總是以家作為基本單位，因此不管再怎麼努力生，可能人數方面也遠遠不如鍾馗派的人數。

當然會出現這樣的現象，有它的原因。過去在早期的時候，或許還有等到小孩成年，甚至出現興趣之後，才會進行儀式，讓它成為鬼王派的一員。但是時至今日，幾乎所有小孩在年幼還不懂事的時候，就會進行儀式，因此以家族為中心的傳統，就這樣流傳下來。

在鬼王派全盛時期的時候，流傳的家族數量多達一百多家，但是如今，卻只剩下鍾家這一家而已。

而這個鍾家，現在也只剩下鍾家續跟他的父親鍾齊德兩個人。

如果要說現在是鬼王派數百年的歷史之中，最為衰敗的時代，恐怕一點也不為過。

因此家續的名字，也透漏出父親鍾齊德對他的期待，希望他可以讓這個「家」繼「續」維持下去，才會起這樣的名字。

雖然家道中衰，但是鍾齊德對家續的培養，可一點也不馬虎。

打從六歲血祭鍾馗戲偶以來，鍾齊德便給予家續最嚴格的訓練，將他培養成鬼王派的傳人。

除了嚴格的訓練之外，鍾齊德對家續的保護也不在話下。

在清朝與本家的那場大戰之後，鬼王派付出了慘痛代價，整個門派幾乎陷入滅亡，只剩下幾家倖免於難，最後殘存的幾家，開始過著隱姓埋名，四處流浪與躲藏的日子。

在這種命運的壓迫底下，一條家規默默地誕生了。

——「無人繼，不出門；出門便是一般人。」

意思便是，在沒有人繼承自己所學之前，就不會把這些所學帶出門，一旦出了家門，就不是鬼王派的人，而是平凡的一般人，不能使用任何關於鬼王派的東西。

這就是為了讓鬼王派可以一路傳承下去，不要有任何意外與閃失，所訂出來的家規。

因此即便鍾家續很早就已經學會了所有鬼王派的東西，但是鍾齊德還是十分嚴格地禁止他在外使用任何所學。

對於這點，年幼的鍾家續也時常表達不滿，學了這麼多東西，到頭來卻連一點實踐的機會都沒有，讓鍾家續感到萬分沮喪。

不管鍾家續如何鬧家庭革命，就是這點鍾齊德說什麼都不肯妥協。

當然會如此嚴格執行，也是為了鍾家續的安全，畢竟今日不同往日，在與本家差距如此龐大的狀況之下，就算不管家續的資質有多好，能力有多強，恐怕也是雙拳難敵四掌。

畢竟經過了數百年的對立、惡鬥，雙方早就結下了無數的仇怨，雙方彼此累積的恩怨，絕對不是一兩代人就可以化解得開來的，這點鍾齊德也知道，他還知道本家甚至有些師父明訓自己的弟子，一旦看到鬼王派的人，都需要先下手為強，格殺勿論。

這種偏激至極的規定，正可以說明雙方之間的恩怨有多麼深。

不管你是北派還是南派、鍾馗派還是鬼王派，絕對都可以找得到被對方深深傷害過的歷史。

因此不管鍾家續從小展現出來的才華，如何讓鍾齊德讚賞，鍾齊德還是不願意讓他將這些所學帶出家門外。

「至少也要等到你成家立業，生下了小孩並且讓他順利繼承之後，才能真正開始外出做任何你想要做的事情。」這是鍾齊德反覆告訴家續的話。

可是等到那個時候都不知道什麼時候了，自己可能都已經三、四十歲了，光是經驗可能就比其他同年紀的道士，要少上一大截。

就算是天才到了三、四十歲才出道，恐怕也只能庸庸碌碌過一生了吧？

因此鍾家續說什麼都不願意真的等到那時候才出道。然而不管鍾家續怎麼爭，就只有這點，鍾齊德絕對不肯妥協。

——一切都只能怪自己生不逢時吧。

到頭來鍾家續也只能這樣安慰著自己。

如果早生個幾百年，或許現在的自己可以很風光。

要說到鬼王派最風光的時期，就要屬距今六、七百年前的元朝時期，那時候雙方又再一次陷入一場全面性的大戰，經過了一段時間的對抗之後，鬼王派佔了上風，最後大獲全勝。

在那段時間，鍾馗派變成過街老鼠般人人喊打，只能過著四處逃竄的日子。

那時候的鬼王派當家，甚至被元朝皇帝忽必烈召見，威風之極可見一斑。

然而在清朝的那場大戰，情況卻是反了過來，鍾馗派獲得了大勝。

當然結果跟元朝時期完全反了過來，四處逃竄躲藏的變成了鬼王派的人。

到最後隨著戰亂來到台灣的鬼王派，甚至只剩下三家。

而這三家在這些年過去之後，只剩下鍾家一家而已。

不像曉潔對這些事情一無所知，關於鬼王派與鍾馗派的歷史，鍾家續可是如數家珍，全部瞭若指掌。

對曉潔來說，或許鬼王派真的是個遙遠的傳說或者是可以被忽略的歷史，但是對鍾家續這一家人來說，鍾馗派在他們身上留下來的痕跡，至今依舊怵目驚心。

所以對父親鍾齊德的固執，心中雖然頗有微詞，不過鍾家續當然也知道，這是父親為了保護自己而不得不採取的措施。

不過在鍾家續高三的那一年，也就是去年的時候，一切有了改變。

鍾家續永遠都不會忘記那一天。

從學校放學回來的他，就看到了家裡燈光明亮，與平常完全不一樣。

或許是因為習慣於躲躲藏藏的日子，因此鍾家鮮少燈火通明，就算是到了夜晚生活所需，也只是點個檯燈這種燈光微弱的照明設備，很少開天花板上的大燈，因此鍾家總是燈光昏暗。

一回到家就看到這樣的明亮，確實讓鍾家續感覺不對勁。

不安的鍾家續立刻丟下書包，四處找尋了一下父親鍾齊德的身影，一來到神明廳，就看到了父親鍾齊德。

父親鍾齊德就站在神桌前，曲著身子，肩膀顫抖著，不停地自言自語。

「都死了……哈哈哈……都死了。」鍾齊德反覆地說著這樣的話。

雖然說鍾齊德從以前精神狀況就常常不穩定，但是像現在這個樣子，光是從表情看起來，似乎是正在為著什麼事情而開心，然而模樣卻跟平常陰鬱狀況有點像，這是鍾家續前所未見的。

一般來說，父親的狀況大致上可以分成三種，一種是正常的情況，這時候的他，就跟其他的父親沒什麼兩樣，也是鍾家續最為樂於見到的模樣。

另外一種，就好像膽被嚇破了一樣，連待在屋子裡面也需要窩在一個角落，不管外面傳來什麼聲音，都可以讓父親好像大敵將至一樣，草木皆兵、畏首畏尾。

至於最後的一種狀況，也是鍾家續最不想見到的狀況，就是陰鬱、瘋狂的狀況。這時候父親的精神狀況最為不穩定，就好像喝醉酒的人一樣，有時候哭、有時候笑，不過大部分的時候，都是充滿敵意，憤世嫉俗，似乎所有人都跟他有仇一樣。

一般來說，這樣的狀況會有幾種呈現方式，最常見的就是像現在一樣，鍾齊德會待在神明廳，彷彿在跟祖師鍾馗道歉般，把自己的仇恨與難過，全部向鍾馗祖師訴說。接著離開神明廳之後，鍾齊德會開始咒罵，咒罵那個男人，那個把他害到今天這種下場的男人，然後鍾家續的日子，就會像蒙上一層陰霾一樣，痛苦難受，看著自己的父親折磨著自己。

雖然不太一樣，不過鍾家續看到父親的模樣，還是認為這將又會是難過的一天，所以靜靜地回到了房裡。

第二天，事情就這麼發生了。

一早當鍾家續離開房間，準備去學校，經過神明廳時，聽到了神明廳裡面傳來了父親的聲音。

「阿續啊，過來。」

轉向神明廳，看到父親就站在那裡，對自己招了招手。

從父親的模樣看起來，似乎一切已經雨過天晴了，此刻的父親，恢復了正常，恢復成那個細心培養自己，愛護自己的慈父。

「爸，你還好吧？」鍾家續擔心地問，畢竟昨天晚上，父親一直維持著那樣的狀況，一直到鍾家續睡前，都沒有離開神明廳。

「好！」鍾齊德精神地說：「非常好，從來沒有那麼好過了。」

「那就好，」鍾家續鬆了口氣：「那……沒什麼事情的話，我去上學了。」

「有事，」鍾齊德笑著說：「當然有事。」

鍾家續一臉狐疑，看著自己的父親。

的確，父親鍾齊德此刻的模樣，真的跟他說的一樣，似乎真的沒有那麼好過。

從鍾齊德臉上的笑容，加上舉手投足間散發出來的氣氛，可以看得出來今天的他，真的心情好到鍾家續從來不曾見過。

「阿續啊，」鍾齊德抿著嘴點著頭說：「你不是一直跟爸吵著，說希望可以出門試試看自己的身手嗎？」

「是啊，」一提到這個話題，鍾家續難掩心中的失落：「每天都要複習那麼多東西，然後連用都不能用，真的很……唉。」

這幾年來，鍾家續已經逐漸接受這樣的命運，因此最後也只能用長長的嘆息，來表達內心最深沉的無奈。

「這一年拚一下，」鍾齊德不改臉上的笑容：「只要你考上大學，爸答應你，就讓你去闖闖。」

聽到鍾齊德這麼說，鍾家續先是一愣，

「真的嗎？」家續的驚喜全躍上臉上：「爸你可不能食言不認啊！只要上大學，我就可以……」

鍾齊德笑著點了點頭。

鍾家續叫出聲來，甚至整個人都跳了起來。

這沉重又難以解開的枷鎖，就這樣在這一天解了開來。

雖然鍾家續很好奇，到底是什麼原因，讓一直堅持不讓自己出門試試身手的父親改變主意，不過鍾家續不敢問，就怕壞了這個寶貴的約定。

於是，經過一年的努力，鍾家續順利考上大學，而鍾齊德也遵守諾言，讓鍾家續真的將自己的技巧帶出門。

想不到才剛開始沒多久，自己竟然遇到本家的人。

在過去，遇到本家的人，對鬼王派的人來說，始終都是件大事。

而時至今日，那嚴重性有增無減，甚至可以說是一件足以改變一切的大事。

畢竟人單力薄的關係，現在的鬼王派，真的經不起任何風吹雨打。

不只有如此，還有過去那些過往，讓鍾家續非常清楚本家的兇殘與恐怖。

因此即便在面對曉潔時，鍾家續一副咄咄逼人的模樣，但是內心深處卻是帶著那些最原始對本家的恐懼。

甚至在準備跟葉曉潔對決的時候，鍾家續都是抱著可能會死人的心情。

即便鍾家續對自己的實力很有信心，但是遺憾的是，他也知道自己在很多方面有所不足。

經驗就是鍾家續最大的致命傷。

早在十歲左右，鍾家續就已經把該學的東西，通通都學會了。

經過了這些年的鍛鍊，尤其是操偶，已經超過了自己的父親鍾齊德所期待的範圍。

但是，鍾家續的經驗還是零，不曾接觸或處理過任何可以大展身手的案件。

這點鍾家續非常清楚，一旦真的得要跟本家的人拚個你死我活，經驗不足的他可能連十分之一的能力都用不上。

不過就好像那句俗話說的一樣，夜路走多了，終究會遇上鬼的。

在出門闖蕩的同時，鍾家續也做好了很可能會遇上本家的人的心理準備。

只是鍾家續想不到的是，這場相遇會來得如此之快，更讓鍾家續作夢也想不到的是，自己遇上的第一個本家的道士，竟然會是一個長相與身材姣好的女孩子……

因此在回家的路上，鍾家續就一直考慮著，是不是要把遇到本家的人的這件事情向自己的父親報告。

雖然他很清楚，報告的結果很可能就是好不容易踏出了家門，又要再被關起來。

可是這等大事，鍾家續也知道絕對不能瞞著父親。

因此帶著沉重的心情與腳步，鍾家續準備將這件事情告訴自己的父親鍾齊德。

經過了神明廳，父親鍾齊德就站在神桌前，而神桌上面供著的是鍾馗祖師。

與鍾馗派不同的是，這尊鍾馗祖師看起來模樣駭人恐怖。

在鍾家續還小的時候，曾經對這尊神像產生過恐懼，當然這是所有鬼王派小孩常有的反應，畢竟這裡供的是鍾馗祖師的另外一個面貌——鬼王鍾馗。

那駭人的模樣，確實會讓大部分的小孩見了為之恐懼。

虔誠的鍾齊德低著頭，似乎在為如今鬼王派的不堪，對祖師爺道歉，向祖師爺請罪。

看到這模樣，鍾家續非常清楚，今天父親的狀況不是很好。

或許如果在父親狀況好一點的情況，鍾家續會立刻把今天遇到本家的人的事情，告訴父親。

但是，今天絕對不是對父親說這件事情的時候。

……絕對不是。

鍾家續這麼告訴自己。

由於狀況不對，所以還是把今天遇到本家那個葉曉潔的事情，留在自己的心裡，不要告訴父親。

雖然說，這樣做有一部分的原因，是為了父親的狀況著想，但是說沒有半點私心，也絕對是騙人的。

在這些年以來，學了那麼多東西，卻一直被禁止使用。

好不容易，在長年的抗議之下，父親終於首肯，讓自己出去外面闖闖，好好使用這些所學，試試看自己的功力，他可不希望因為葉曉潔的出現，讓他又被限制住，再度變回「一般人」。

因此，鍾家續決定，將遇到本家的事情，暫時保留在自己的心中。

可是就連鍾家續自己也知道，這麼大的秘密，藏不了多久，終究自己還是得要面對。

不過至少，讓自己多自由一陣子吧……

這就是鍾家續最卑微的願望。

5

即便經過了一天的沉澱，曉潔的內心還是感覺到沉重的壓力。

鬼王派的傳人……

這完全是曉潔心裡沒有料想過的狀況。

今天的早課，是一週兩次的操偶課，到倉庫拿出一個練習用的戲偶，腦海裡面浮現出鍾家續的話。

「把妳的本命拿出來吧。」鍾家續說。

是的，即便到了現在，曉潔連個本命戲偶都沒有。

雖然說阿吉當時也是如此，即便繼承了這座廟，卻連個適合的本命戲偶都沒有，但是阿吉是因為自己的實力太強，很難找到適合的戲偶，自己卻是可能連可以好好操作好本命的技巧都沒有。

拿出一個練習用的戲偶，曉潔忍不住重重地嘆了一口氣。

來到前庭，準備開始練習，但是一垂下戲偶，又是嘆息聲從嘴巴不自覺地發了出來。

曉潔看得很清楚，鍾家續的操偶，雖然不至於到像阿吉那樣誇張到活靈活現的地步，但是實力絕對在自己之上。

這給曉潔的震撼很大。

因為自己的師父是阿吉，堪稱是操偶天才的他，讓三個傳說中的技藝重現人間。就是因為這樣，所以在曉潔的腦海之中，自己操偶技巧完全不如阿吉，也變成了一種理所當然的狀況。

因為他是天才嘛，自己沒有天分，又剛接觸沒多久，所以差距很大，本來就是一件很正常的事。

所以曉潔過去在練習操偶，沒有什麼壓力，雖然知道自己的操作還很差，連技巧恐怕都稱不上，不過曉潔完全不需要著急，她甚至可以告訴自己，除了阿吉以外，其實大家都一樣，初學者就是這樣。

因為沒有看過除了阿吉以外的人，因此對於操偶的標準，一般鍾馗派的道士到底該到怎麼樣的程度，曉潔完全沒有個底。

以至於對於操偶的要求，曉潔大概只定到在該上場的時候，還能完整地跳完跳鍾馗，這樣就可以的程度。

標準訂在這裡的話，曉潔便覺得自己應該也不會差太遠。

畢竟自己這輩子不管多努力，都不可能成為阿吉那樣，所以只要到這種程度就可以了……

這點恐怕是阿吉作夢也沒有想到的事情，因為自己操偶的天分太高，而導致自己的弟子缺乏學習與成長的動力。差距太過於龐大，確實往往會讓初學者卻步。

畢竟成長有時候需要的是刺激，過大的差距不會產生刺激，只會讓人洩氣與放棄。

畢竟唯有深深了解到自己的不足，才會有成長的動力。

這就是溫室的花朵為什麼永遠沒有辦法茁壯的原因。

而鍾家續的出現，彷彿代表著一種即將到來的風暴。

雖然曉潔不覺得他是個隨便就會衝出來殺人的野蠻人，但是不代表鬼王派的人都是如此。

今天鍾家續的出現，代表的不正是鬼王派還存在的證據？

最恐怖的對手還存在人世間，自己卻彷彿度假般，整天在么洞八廟裡面進進出出，渾然不覺。

更糟糕的是，如果今天鍾馗派還跟過去一樣，哪怕只是曉潔高二以前那樣的聲勢，到處都有鍾馗派的人，還能分成東南西北派，那也就算了。

……偏偏現在存活下來的只有她一個人而已。

如果被對方知道了這點，恐怕現在的自己早就已經被消滅了吧？

雖然詳細的情況不太了解，不過聽阿吉的說法，雙方在這些年來累積了許多恩恩怨怨。

就算什麼都不做，突然在路上被對方襲擊，都不是件奇怪的事情。

雖然曉潔對這頗有意見，她不認為上一代的恩恩怨怨可以成為下一代行兇的藉口，不過事實就是如此，這也不是曉潔不認同就不會發生的事情。

雖然就眼前的狀況來說，危機似乎還沒出現。

但是狀況就好像水壩牆上的一條裂縫一樣，危機是可以預期的。

自從遇到了鍾家續之後，在曉潔的腦海中，一直有個假設性的問題困擾著曉潔——那就是如果那一天，鍾家續執意不顧一切都一定要跟自己殺個你死我活，情況會如何呢？自己還能像現在這樣，在廣場練習戲偶嗎？

那場勝負自己真的可以……不要說贏啦，光是保住一條命，自己可以嗎？

這個問題，就連曉潔自己都沒有把握。

當然這是個假設性的問題，事情沒有發生，就連曉潔自己也知道不可能有正確的答案。

不過有件事情，曉潔非常清楚，那就是自己絕對沒有可以戰勝對方的自信。

其他的不用說了，光是操偶技巧，自己就絕對輸給對方一大截。

畢竟現在的自己不要說熟練了，就連能不能在面對干擾的狀況下，跳出完整的鍾馗都沒有把握。

曉潔目前實戰的經驗只有一，就是前些日子在自己高中同學的租屋處跳過那麼一次。

雖然那次似乎可以順利跳完，不過到頭來還是沒有完成。

在鍾家續出現之前，比起自己的能力，曉潔更擔心兩件事情。

其中一個就是口訣部分會不會遺失，這一點就是每天早上督促著曉潔都需要做早課，將口訣的部分分配好，每天複習一定部分的主因。

而另外一件事情，則是讓曉潔更擔心的，就是自己能不能找到適合的人，將口訣傳承下去，畢竟不只有記憶力是一大考驗，就連人品也是一大問題。

這些都是在鍾家續出現之前，最讓曉潔擔心的問題。

在鍾家續出現之後，全新的問題浮現在曉潔面前，那就是自己到底能不能保護好腦袋裡的這些口訣。

這恐怕才是現在曉潔真正需要面對的問題。

再次嘆了口氣，曉潔擺動雙手，開始操作手下的戲偶，準備跳鍾馗。

這時才發現，自己好像不知道嘆了多少次氣了。

踏出第一步……順利。

搞什麼啊！自己到底在哀怨什麼？

踏出第二步……還可以。

就因為出現了一個人，自己就該這樣任人宰割？

第三步、第四步、第五步……

曉潔的心中，沒來由地冒出了火氣來。

不是針對任何人，而是對這樣軟弱的自己。

第六步……精準地踩了下去。

就好像人生前面出現了一個柵欄，除了嘆氣之外，自己還有別的可以做的，不是嗎？

沒錯！

就好像呼應心中的想法一樣，曉潔狠狠地踏出最後一步。

腳邊練習用的鍾馗戲偶，順利踢出了個魁星踢斗的同時，曉潔也下定決心。

一定要改變！

曉潔決定她要變得更強，至少要到可以保護自己腦中的口訣的程度。

所以她決定要改變自己的想法，改變自己的作法，光是這樣背誦著口訣，練習著操偶，絕對是不夠的。

身為目前鍾馗派唯一的繼承人，她需要更努力，需要更多的經驗。

當然曉潔不知道的是，這個決定確實讓自己正式步上了繼承人之路，同時也帶領著她，邁向一條連自己都無法想像的道路。

第2章・首次出擊

1

曾幾何時，曉潔也像阿吉一樣，認為自己這輩子都不會走上類似道士的這條路。但是自從上了大學之後，曉潔感覺命運似乎轉了個彎，帶著她來到了一條她不曾想像過的路上。

既然前面這幾個月，自己不想遇到，都已經遇到那麼多了，那麼現在自己想要趁這個機會好好處理這些事件，讓自己可以從中獲得一些經驗。

雖然曉潔做出了這樣的決定，不過實際上就算什麼都不做，只要沒有太大的改變，很有可能還是會不斷遇到這些事情。

不過既然做出了決定，曉潔還是決定要主動出擊，因為坐以待斃，並不是她的風格，更重要的是，已經知道危機就在眼前，就必須要努力，不然情況絕對不會有所改變。

因此在做出決定之後，曉潔第一個想到的人就是亞嵐。

相信這個決定對亞嵐來說，一定是舉雙手雙腳贊成。

於是一大早到了學校，曉潔立刻在教室中搜尋著亞嵐的身影。

很快就看到亞嵐已經坐在位子上，專心地看著手上的小說。

曉潔靠過去，心裡猜想亞嵐手上的這本，恐怕又是什麼會死好幾個人，不然就是阿飄滿天飛的恐怖小說。

一邊這樣猜想，一邊壓下身子看了一下書的封面，誰知道看到封面，讓曉潔的眼睛都為之一亮。

那是一個紅髮女孩的封面，看起來就像時下的輕小說。

不過書名曉潔倒是完全猜不出內容，書名叫做《紅・Complex》。

「想不到妳會看這種輕小說耶，」曉潔略顯訝異地說：「妳不是沒有死人或者是沒有阿飄飄來飄去的那些恐怖小說不看嗎？」

「誰告訴妳這本書裡面沒有呢？」亞嵐笑著回答。

雖然亞嵐這麼說，不過光是看書的封面，應該絕對不是像剛剛自己所說的那種小說，因此曉潔一臉狐疑。

「另外把小說比喻成食物的話，」亞嵐笑著闔上了書：「恐怖小說是主食，其他不是恐怖小說的都是副食，人是不可以偏食的……」

曉潔還是一臉狐疑。

「好啦，」亞嵐看說不過去，大方地承認：「其實這是出版社請我哥推薦，然後送了他一本，今天早上出門的時候看到他放在桌上，我就順手拿出來看了。不過我說人是不可以偏食的，倒是真心話，不管是食物還是小說都一樣。」

曉潔放下書包，在亞嵐旁邊的座位坐了下來。

由於下定決心要改變，所以昨天曉潔也特別加重了戲偶的練習，從白天練到晚上，過度練習的結果，導致今天睡醒之後，雙手痠痛無比，幾乎都快要廢掉了。

因此剛剛掛書包，不免有點障礙，拉了半天才掛好書包坐下來。

「妳的手怎麼啦？」

「嗯，練習有點過度，」曉潔笑著說：「所以現在手有點舉不起來。」

曉潔看了一下時間，已經快要上課了，因此可能不太方便說，所以沒有立刻把自己的想法告訴亞嵐。

等到上午的課告一段落，兩人來到附近的餐廳，曉潔才把自己的決定告訴亞嵐。

「我希望可以多增加一點經驗，所以想多處理一點類似的事情。」

對於曉潔的這個想法，一如曉潔所料，亞嵐立刻舉雙手贊成。

「好！贊成！」亞嵐大聲附和曉潔的想法：「不過該怎麼做呢？」

關於這點曉潔當然也已經想清楚了。

「如果想要快速得到消息，」曉潔臉色有點難看：「不管是妳還是我，可能消息都沒有那麼靈通，當然我也想過社團，像上次那樣的活動，不過如果只侷限在自己校內，機會似乎就沒有那麼多，而且……一開始會有這樣的想法，其實也有一部分就是因為學校裡面那個宿舍的事情，我還沒有辦法解決，所以才想說多增加點經驗，說不定有辦法可以解決。」

聽到這裡，亞嵐的臉色也有點凝重。

「說到這裡，」亞嵐沉著臉說：「我只想到一個人……一個很不想想到的人……」

曉潔沉重地點了點頭，看到曉潔點頭，亞嵐的臉全部扭曲在一塊。

不過當然就連亞嵐也知道，這也絕對不是曉潔自願的結果。

就目前來說，兩人的人脈跟情報，絕對遠遠不及打著明星光環，幾乎跟男公關沒什麼兩樣的詹祐儒。

畢竟這絕對是詹祐儒少有的壓倒性優勢。

另外一點就是，不管曉潔跟亞嵐有沒有把詹祐儒算進來，詹祐儒都可能找盡藉口跟著兩人，既然最後結果都一樣，不如好好讓他發揮他的能力。

在確定了這個方向之後，兩人哭喪著臉拿出手機，傳了封簡訊給詹祐儒。

不到十分鐘後，就看到滿臉笑意與得意的詹祐儒，出現在餐廳門外。

「今天真是太讓人開心了，」詹祐儒一屁股坐下來，臉上仍舊是那得意又開心的表情：「想不到學妹妳會主動約我來這裡，真是太讓學長我感動了。」

詹祐儒才剛開口說了第一句話，已經讓曉潔跟亞嵐快要翻白眼了。

不過這一次，兩人確實有事需要求詹祐儒，因此亞嵐也不方便開口吐槽，只能緊握著拳頭，低著頭將所有的話往肚子裡面吞。

曉潔把自己的想法說出，希望詹祐儒可以幫忙蒐集多一點情報，然後找到一些可以練習的對象，讓曉潔解決。

詹祐儒雙手盤於胸前，不停地點著頭，臉上卻不時露出略顯為難的表情，裝模作樣的姿態，真的讓亞嵐很想對他說：「拒絕！你有種就嚴正拒絕！不要有半點為難！」

果然，聽完曉潔說的話之後，詹祐儒抿著嘴，一臉誠懇地說：「學妹，其實妳的想法我早就已經有了。我了解學妹妳身為廟公後裔，絕對會希望可以繼承家業。」

「我不是——」曉潔本來想要解釋自己不是廟公後裔，這也絕對不是家業，不過詹祐儒伸手阻止曉潔的解釋。

「聽我說完，」詹祐儒說：「所以我一直以來，都不是抱著想要取材的心情，那只是為了保護學妹妳的藉口，實際上做學長的我是真心想要伴隨著學妹妳一起成長，現在妳有這樣的想法，我這段時間的努力也算是沒有白費。」

聽到詹祐儒這麼說，兩人真的可以說是翻著白眼面帶微笑兼點頭。

不過不管兩人的想法是什麼，這下已經沒有回頭路了，尤其是當詹祐儒舉起飲料當酒杯，對著兩人說：「我已經想好了，我們就是驅魔三人組，來！乾杯！」

「雖然在我們心中是驅魔二人組……」舉起杯子勉強應付一下詹祐儒的亞嵐小聲地對曉潔說。

當然不管是詹祐儒還是亞嵐、曉潔，都不知道這一次的餐廳聚會，對他們三個人的未來會帶來多大的改變，不過至少現在，三人都有著各自的想法，成立的這樣的三人小組。

乾杯完後，當然詹祐儒又開始提到，自己希望可以將這些經歷，寫成小說的事情，雖然對於詹祐儒老是把三人的事情寫到網路上有點忌諱，畢竟對曉潔來說，現在最重要的就是低調，不過如果不透過詹祐儒，曉潔根本不可能有那樣廣大的人脈，找到可以練習的目標。

而且現在鬼王派的傳人已經出現了，自己的時間很寶貴，雖然覺得鍾家續應該不至於會對自己動手，不過誰知道鬼王派的規模現在到底有多大。

而且，不管鬼王派現況如何，如果要跟鍾馗派現況相比的話，最糟糕的狀況也頂多跟鍾馗派一樣，絕對不可能比鍾馗派的現況還要糟了……

多一點經驗，多一分實力，那麼口訣的安全就多一分保障。

雖然當時的阿吉，沒有把兩派之間的惡鬥細節與恩怨說得很明白，不過就連鍾馗派自己都能夠為了口訣，不惜做到當年曉潔就讀高二的那種程度，可以想見的是，鬼王派可能有過之而無不及。

因此現在的曉潔，真的除了好好鍛鍊自己，以備不時之需之外，別無他法。

除此之外，真的只有祈禱，心中所想的最糟糕的情況，以及過去所發生的那些血戰，永遠都不會發生，如此而已。

2

原本還以為，雖然有這樣的計畫，可以增加自己的經驗，但是現實生活哪來那麼多妖魔鬼怪。

所以曉潔還認為至少也要過一陣子才會有一個案子，誰知道第二天，詹祐儒就急忙將兩人集合起來。

在昨天跟詹祐儒提出這個想法之後，詹祐儒立刻成立了以「驅魔三人組」為名稱的LINE 群組。

從某個角度來說，詹祐儒的認真或許是他的特質與優點，當然有些時候也會是他的缺點。

結果第二天詹祐儒就在群組宣布，第一次聚會的時間就是今天放學。

原本詹祐儒打算跟兩人約在社團教室，不過後來考量到這種事情曉潔想要低調，不想讓其他人知道，於是改在系學會的教室。

曉潔跟亞嵐比較早下課，教室距離系學會也比較近，所以比詹祐儒還要早到一步，等了一會之後，就看到詹祐儒抱著一個資料夾，走了進來。

由於詹祐儒在通訊軟體裡面，沒有提到今天聚會的目的，因此一等到詹祐儒進來，兩人都是一臉狐疑地看著他。

「你知道，」亞嵐挑眉說：「我們成立這個團體，不是為了可以讓你隨時把我們叫出來，如果沒有真正的事情……」

「哼，」詹祐儒一臉不以為然：「妳把我當成什麼人了？我可不是妳週末時候約的那些低俗男生，我可是活生生的中文系傳奇啊。」

「自己這樣講真的不會不好意思嗎？」亞嵐瞇著眼說。

「看清楚，」詹祐儒坐下來，將資料夾打開，一臉得意地說：「這些就是妳可靠的學長去收集來的資料，我可不是只有張好看的臉，能力也是真材實料。」

「一樣，」亞嵐白了詹祐儒一眼：「自己這樣講真的不會不好意思嗎？」

不過當亞嵐把資料拿來，跟曉潔分著看，就連亞嵐都不得不閉上嘴。

因為在短短不到二十四小時的時間裡面，詹祐儒透過他的人脈與資訊網，一口氣找出了多個可能可以幫助曉潔的案子。

換句話說，這些案子都是些有點詭異看起來不太尋常的事件。

「你到底是去哪裡找到這些案件的？」亞嵐訝異之餘，不忘記跟詹祐儒鬥嘴：「你家才是開廟的吧？」

「誰跟妳家開廟的，」詹祐儒一臉不悅：「我們家是書香世家，不是那種……」

本來詹祐儒想要說低俗，但是赫然想到，自己最心愛的學妹就是在廟宇長大的，因此這句話說什麼也得硬吞回肚子裡。

「不是那種什麼啊？」亞嵐笑著問：「話不要說一半啊。」

詹祐儒瞪了亞嵐一眼，只見亞嵐一臉得意地笑著，似乎對自己設下的這個陷阱相當得意。

「不是那種有傳統，又有文創精神的古老傳承廟宇……那麼高級。」詹祐儒咬牙切齒地說。

不過對於兩人的鬥嘴，曉潔完全沒有反應，只是專心看著詹祐儒帶來的資料。

確實，這些資料有很多一看就覺得很有問題。

當然對於詹祐儒如何如此迅速蒐集到這些資料，曉潔也很好奇，不過其實不需要詹祐儒多做解釋，曉潔看了一下資料，大概就了解詹祐儒是如何得到這些資料的。

其中有幾起案件，詹祐儒應該是從社群網站，那些討論鬼怪或者分享自身經驗的靈異事件的社群，發私訊給作者詢問詳情之後，製作出來的資料。

另外幾起，則是透過他們全國系學會的組織，得到的一些發生在各校的怪事或怪談之類的事情。

做報告一直都是大學生必修的學分，每個大學畢業生，沒有一個不會做出一本又一本精美的報告。

而詹祐儒又屬於其中的翹楚，每次做的報告幾乎都可以技壓群雄，總會給教授與同學那種「不愧是出過小說的社會菁英」的感覺。

當然這種技巧運用在兩人現在手上的資料，也有這種感覺。

不但分類詳細，分章分節，還有私評與出處，只差裝訂成冊，就是一本現代搜神記。

就連一開始還不斷跟詹祐儒鬥嘴的亞嵐，一看了報告之後，也立刻被內容吸引，看得不亦樂乎。

這些案件真的讓亞嵐大呼過癮，畢竟這些案件，就好像一部又一部的恐怖電影，對於喜歡恐怖題材與懸疑的亞嵐來說，是最棒的題材了。尤其一想到這些很可能都是現實生活發生的，更有種電影或小說沒有辦法帶來的真實刺激感。

「這個……」亞嵐指著其中一篇說：「應該算都市傳說吧？」

「哪個？」

「就是台南那個五夫人廟，」亞嵐說：「我很早以前就聽過了。」

聽到亞嵐這麼說，曉潔一臉扭曲地抬起頭，亞嵐看了以為曉潔沒聽過，所以對曉潔簡單介紹了一下資料夾的內容。

「就是說五夫人廟裡面，」亞嵐對曉潔說：「有很多人看到有個小女鬼在那邊遊蕩，尤其是半夜的時候，這個從很早以前就有聽說了，雖然不是小女鬼，不過——」

「那個……」曉潔打斷了亞嵐：「那個小女鬼應該是人……不是鬼。」

「啊？」

「不只是人，」曉潔苦笑地說：「還是個很可愛叫做小悅的小女生。」

雖然說是小女生，不過完全是外貌看起來的感覺，實際上的年紀，應該跟曉潔差不了多少。

「妳認識這個小女鬼？」亞嵐狐疑：「連名字都知道不會太誇張了嗎？」

「嗯，」曉潔點了點頭說：「她是一個很可憐的女孩，一個凶靈讓她們家家破人亡，我師父幫助過她，雖然保住一命，不過她也被困在那間廟宇裡無法離開，只有半夜才會出來透透氣。會被誤認，我想也是沒辦法的。」

「有空妳一定要跟我好好講一下這個故事。」亞嵐瞇著眼睛說。

雖然說詹祐儒帶來的資料很多，不過其中不乏類似這種，看起來不是像都市傳說，就是壓根兒跟那些惡靈作祟的案件無關。

兩人分頭翻著資料，亞嵐這邊只要看到很有可能的案件，就拿給曉潔看，分工合作之下，還是翻了將近一個小時，才把詹祐儒短短一天蒐集來的資料看完。

「如果我個人來說，」亞嵐指著其中一份資料說：「我比較喜歡這個，不過……這個好像不是可以練習的對象。」

「嗯，」曉潔看了一下，大概是比較像是奇怪的犯罪，跟鬼怪沒有什麼太大的關係：

「這個感覺像是犯罪組織，不太像是我們的目標。」

「嘿嘿，」亞嵐笑著說：「這個妳的口訣沒有吧？」

「……有，不過是除外條款，不重要。」曉潔笑著回答。

曉潔整理了一下這些資料，其中有六件看起來比較可靠，看起來比較真實，畢竟自稱撞鬼的人很多，其中瞎掰的人也不少，如果為了一個捏造的鬼故事奔波，到頭來恐怕真的只有一場空。

因此在看這些資料的時候，曉潔盡量以比較客觀的角度來審視，從中挑選出各方面邏輯都比較說得通的案件。

其中這六件被曉潔挑選出來的，看起來比較真實，不會讓他們白跑一趟，不過其中有四件雖然可信度比較高，但是曉潔完全沒有辦法掌握在這四件案件背後的靈體是哪一種，所以比較難以事先準備。

真正比較確定對象也比較可以提前準備的只剩下兩件。

然而這兩件之中，一個曉潔強烈懷疑是饑，另外一個曉潔懷疑是凶。

當然，就好像在玩一款 RPG 遊戲一樣。

所謂的 RPG 角色扮演遊戲，主軸之一就是在於角色的成長，跟曉潔現在的狀況有點像，而在類似這樣的遊戲之中，如果在等級低的時候，為了貪圖快速升級，就挑戰太強的怪，可能等級沒練到，隊伍就全滅了。

遊戲中或許還有些機制，讓你隊伍全滅了還可以在教會裡復活，頂多就是金錢減半等等罰則，不過在現實生活裡，可能就真的全滅了。

現實人生是不能重來跟讀取存檔的。

所以最理想的，應該是挑選自己能力所能解決的。

如果以這作為標準的話，換句話說就是較為低階的靈體，是比較保險的。

而在這些案件裡面，以這個標準加上準確度比較高的，應該就是這個案件。

——餓。

雖然說餓被歸屬在中階，不過這些年來由於社會安定、糧食充足，因此因為飢餓而亡的靈體銳減，加上餓本身有點重量不重質，因此如果只有少數幾個餓靈的話，說不定威脅性比縛靈還要低。

所以這個，對這個新成立的驅魔三人組來說，是個最好的對象。

「那麼我們就決定是這個案件吧。」在曉潔的推薦之下，詹祐儒做出了最後決定：「我今天晚上就跟對方聯絡，然後我們明天一早啟程。」

雖然餓不算太難對付的對手，不過曉潔還是需要回廟裡面去準備一下，尤其是對付餓所需要的法器。更重要的是，就算目前看起來比較像是餓，不過真實的狀況還是需要經過一些測試或者是現場看過之後，才能比較確定，所以有些法器還是要帶著，有備無患。

目前看起來，比較簡單又保險，還可以增加一點經驗的，應該就是這個案件了。

曉潔在腦海裡面，除了餓之外也多想到了幾個可能性，並且衡量一下自己需要準備哪些符咒與法器，理論上應該不會有太大的問題。

從某個角度來說，或許這個案件，對現在的三人來說，是最理想的案件也說不定。

至少這也算是驅魔三人組的第一次出擊。

雖然在其他的案件之中，有出現幾個可能是縛靈與其他低階靈體的案件，不過一來因為資訊太少，說不定在過程之中，會遇到什麼三人意想不到的狀況，所以找一個類似這樣，比較簡單，相對之下曉潔也還算熟悉的對手。

畢竟在十二類的靈體之中，曉潔有過近身戰鬥經驗的，就屬這個餓了。

當時的她不過靠著一把桃木劍，就守護了自己身邊的同學。

雖然最後的結果，不太讓人滿意，不過還算是勉強可以接受。

因此選擇餓為對象應該是最為理想的。

既然決定了，那麼這次聚會的目的也達成了。

雖然說做好的計畫，不過對曉潔來說她一點也沒有想到，可以如此迅速又確實的執行。

看著桌上攤成一堆的資料，讓曉潔的心中不免又想起了過去在J女中的情況。

畢竟過去J女中會有那麼多事件，事後證明都是有人算計之下的結果，那麼現在呢？看到那麼多的案件，讓曉潔不免懷疑，這背後會不會又是有人在惡搞呢？

不過這樣的疑慮，只存在於曉潔的心中，看著詹祐儒跟亞嵐躍躍欲試的模樣，曉潔並不打算掃他們的興。

然而這在詹祐儒口中的驅魔三人組，最值得紀念的第一次出擊，三人說什麼也想不到最後竟然會是那樣的結果。

3

雖然說想要加強自己的能力，不過對於短短的時間裡面，竟然會有那麼多的詭異事件，還是讓曉潔感覺到不可思議。

到底這個世界是有多少妖魔鬼怪啊？

曉潔的人生在高二之前，完全不覺得自己所居住的世界，會有什麼一百零八種的靈體。誰知道在高二打開那扇門之後，一發不可收拾。

自己的同學接二連三遇到那些恐怖的事情，就連自己上了大學，隨便在學校測一下，也是處處都是鬼魂。

然後現在，想要找點機會來練習，增強自己的實力，誰知道不到一天的時間，詹祐儒就可以找到那麼多的案件可以選擇。

有了高二時代的經驗，不免又讓曉潔聯想到會不會在這些事件的背後會有跟當時鍾馗派一樣的恐怖幕後黑手。

如果真的是這樣的話，恐怕這個幕後黑手可能必須像是台灣總統那麼高的地位，才有可能在台灣各地同時引發這些案件，這實在也有點太過於天方夜譚。

雖然曉潔現在連個道士都稱不上，不過在她腦袋裡面的那些口訣，絕對可以幫助她理清這些疑問，這些可是高二時的曉潔沒辦法做到的。

因此曉潔很清楚，就算是當年的劉易經，也沒辦法做到這麼全面與邪惡的事情。所以擔心這一切會不會是因為人為的，實在有點杞人憂天。

這讓曉潔不免好奇，當年的呂偉道長或者是阿吉，在當這間廟宇的負責人時，幫人處理這些案件的頻率。

畢竟曉潔即便接下了這座對鍾馗派的人來說，根本就像是大本營一樣的偉大宮廟，但是她的骨子裡跟這類東西原本是徹底絕緣的。就連家族的宗教信仰也是天主教，所以對於這些廟公或道長，到底會有多忙，實在是一點概念也沒有。

如果可以的話，曉潔還是想要知道過去的呂偉道長跟阿吉，在擔任這座廟宇的負責人期間，是不是真的整天忙著處理東南西北各處的案子。

晚上在吃完晚飯之後，曉潔一邊收拾著餐具，一邊向一起收拾的何嬤提出了這個疑惑。

「何嬤，問妳喔，以前呂偉道長跟阿吉他們，是不是常常有人來找他們委託一些事情？」

「嗯，很多。」

「所以他們很忙嗎？」

「老爺在的時候比較忙。」

即便呂偉道長已經去世了好久，何嬤還是習慣稱呼呂偉道長為「老爺」，阿吉為「少爺」，曉潔可是爭了好久，何嬤才不至於稱呼她為「小姐」，只稱呼她為「曉潔」。不過就音來說，兩者也太過接近，因此就連曉潔自己都覺得這爭得不是很有意義。

「那時候啊，」何嬤一邊擦著桌子一邊說：「老爺幾乎都是早出晚歸，沒有多少時間待在廟裡面，每天的行程表都是滿滿滿。我那時候還開玩笑跟老爺說，他需要請一個秘書。好不容易回到廟裡，又得要忙著見約好的客人。不過這些都是因為老爺的名聲好，記得廟剛建好的時候，老爺比較閒，所以才有辦法收徒弟，不然到了後來，就連少爺也跟著老爺到處跑，幾乎都是到了晚上才有時間回廟裡休息，根本不太可能再收徒弟。」

何嬤的一席話，還真的聽到曉潔目瞪口呆。

雖然可以想見的是，呂偉道長頗受景仰，所以處理的案件本來就不少，不然也不會成為一零八道長，收齊這一百零八種靈體的口訣。

可是忙到這種程度，也確實超過曉潔的想像。

「老爺往生之後，」何嬤接著說：「少爺就比較沒有那麼忙了，不過也是三不五時就有人不知道老爺不在了，還是上廟來想要委託，既然繼承了這座廟宇，少爺也多少有在幫忙。」

「那他們有收費嗎？」

「不能算是收費啦，」何嬤說：「不過妳也知道廟宇嘛，就是香油錢，靠他們自由捐獻，道長也是要吃飯的啊。」

曉潔似懂非懂地點了點頭。

「不過有些時候，」何嬤補充：「也不見得都是捐獻啦，也有些信徒會送一些東西，像是停在停車場的那輛紅色跑車……」

聽到何嬤這麼說，曉潔的嘴張得比先前還要更大。

那台阿吉最愛的跑車，想不到竟然會是信徒送的，這讓曉潔說什麼也要聽個詳細版的才行。

何嬤說完，剛好也把碗筷集中起來，捧起碗筷就朝外面走，曉潔見了，也趕緊把自己這邊的部分收拾好，追了出去。

一路追到了廚房，兩人一邊洗碗，何嬤才把當年關於那台紅色跑車的事情告訴了曉潔。

「聽少爺說啊，」何嬤告訴曉潔：「當年那台車子，是一個爸爸買給兒子的成年禮，妳知道就是有錢人家嘛。結果呢，兒子竟然開著那台車，撞死了人。」

雖然不確定這個跑車的車主當年是不是酒駕，不過聽到何嬤這樣講，曉潔腦海裡面浮現，近年來那些還在讀大學，就喝酒把人撞死的少爺們。

「結果聽說沒有處理好，」何嬤接著說：「後來那個被撞死的人變成了冤魂，一直纏著那台車跟車主，不過年輕人比較鐵齒，不相信這種事情，最後也發生了意外往生了。」

可能是因為長年在廟宇裡面服務，對於這種事情已經聽多見多了，因此何嬤講述這些的時候，沒有什麼太大的情緒，反而讓曉潔覺得有點恐怖。

「送他這台跑車的爸爸，」何嬤繼續說：「可能因為太思念孩子了，所以在兒子去世之後，把自己原本用的車子賣掉，改開兒子的車，希望藉此多少讓自己思念孩子的心情獲得一點慰藉。結果……」

何嬤說到這裡嘆了口氣，搖搖頭說：「他就真的見到他兒子了。」

「他也往生了？」曉潔一臉訝異：「這鬼魂的怨恨也太強大了，一個牽著一個。」

「不是啦，」何嬤笑著說：「是他見到了他兒子的亡魂，雖然很思念自己的孩子，不過看到了亡魂也是會怕，所以他就上門來找少爺幫忙。」

「找阿吉幫他把兒子趕跑？」

「不……也是啦，」何嬤說：「就看到他的兒子冤魂不散，很痛苦，所以才想要少爺幫忙解決一下。」

聽到何嬤這麼說，曉潔忍不住莞爾一笑。

雖然沒學過口訣，但是何嬤在廟宇服務那麼多年，對於這些事情一點也不陌生，甚至可以衍生出一套自己的邏輯，就跟那些股市中所謂的菜籃族一樣，沒有人學過財經相關知識，但是人人都有自己的一套投資邏輯一樣。只是個驅靈之類的事情，從何嬤口中講出來，似乎還真有那麼一點因為冤靈很痛苦，老父不忍心看到兒子受折磨，才請阿吉幫忙的味道。

不過也是經由何嬤這麼一說，曉潔這才想到，即便是口訣之中，也有很多沒有含括的東西，像是在口訣之中，這應該就是所謂的天縛靈，糾纏在某個物品上面的靈體。就像是上個禮拜亞嵐讓大家看的那部恐怖電影《厲陰宅》，片中有描述到關於一個在海外非常有名的恐怖娃娃「安娜貝爾」，就是很典型的天縛，有靈體附身在娃娃上，接下來就看這個附身的靈體，是人死後的靈體，就是天縛靈，是動物死後的靈體就是天縛妖，至於如果真的跟片中華納夫妻所說的那樣，是從地獄深處爬出來的惡魔，就是天縛魔。在跟亞嵐講這些的時候，亞嵐聽得津津有味，不過曉潔自身也有不一樣的體驗，因為透過電影這種文化交流，曉潔才深深體會到鍾馗祖師的口訣不單單只是針對華人世界，就連全世界的妖魔鬼怪都可以用口訣來解析的感覺。

而如此博大精深的口訣，卻仍然有些地方沒有提到，像是這些靈體的感受，口訣裡面沒有提到像是怨靈，是怨氣匯聚而成，但是怨靈本身還是很怨恨嗎？地縛靈長時間被困在同一個地方，會不會覺得痛苦呢？像是這些感受，口訣都沒有記載，因此就算是曉潔也不能肯定何嬤的說法，到底是對還是錯。

「本來想推辭的，」何嬤的話將曉潔拉回現實：「不過最後少爺還是做法事，超渡兩個先後都死在那台車上的亡魂。雖然也解決了，不過那個爸爸也不敢再開那台車了。聽說因為那台車是那個什麼……喔，事故車，所以價格也很不好，於是那個爸爸就想要把它報廢，少爺覺得很可惜，就跟他要過來開，大概就是這樣。」

雖然說在阿吉「失蹤」之後，那台紅色的跑車就一直在廟裡的停車場中沉眠，不曾再被開上路。不過在那之前，曉潔也坐過那台車子好幾次，卻完全不知道原來那台車子竟然有那麼一段過往。

後來回到房裡之後，對於今晚兩人之間的對話，至少讓曉潔了解到，過去的呂偉道長跟阿吉過去擔任負責人的時候，跟現在自己所想的完全不一樣。

至少這一次，很有可能真的是曉潔自己想太多了。

或許就跟亞嵐曾經說過的一樣，我們一直都生存在這樣的世界，只是我們大部分的人，都不曾也不能去體會另外一個世界罷了。

如果是這樣的話，那麼不管人相不相信，或者是不是道士，世界都注定如此，那麼又何必想那麼多呢？

這對其他人來說，或許是個沒什麼意義的領悟，但是對曉潔來說，卻是很重要的一盞明燈，讓她在這個茫茫大海之中有個方向。

是的，她應該有個方向，而且這個方向也很清楚。

那就是她需要找到一個值得信賴的人，而且他也有足夠的能力與人品，足以學會這些口訣，並且不走歪路，這樣她才算是完成了自己的任務。

而在完成這個任務之前，她也必須保護自己與口訣，並且為未來的那個徒弟，好好鍛鍊自己，這樣才算是真的不辱這座廟與阿吉、呂偉道長的英名。

4

饑對曉潔來說，一點也不陌生。

在她還沒有正式開始學習口訣之前，曉潔就已經遇過饑了。

在曉潔就讀高二的時候，班上有一個同學因為失戀的關係，開始以催吐的方式減肥，結果最後被饑靈纏上。

當年曉潔幫著當時還是自己高中導師的阿吉，一起處理過這個案件，因此對於饑靈算是相當熟悉。

而且就目前的資料看起來，似乎還沒有到噬魂的地步，因此不會與狂搞混，還算是單純的案子。

第二天，三人集合好之後，立刻朝著目的地出發。

只是這個案子的發生地點在苗栗，因此三人還需要搭乘一段時間的車子，才能夠到達目的地。

在車上，亞嵐與曉潔再仔細看了一下資料，以備不時之需。

這個案件一開始是一則發表在社群網站上的親身經歷。

PO 文的是一個大學學生，而這是發生在他老家的事情。

那個同學的老家是間與環保公司簽約的清潔公司，專門處理廚餘等回收與清理的工作。

昨天在出發之前，曉潔這邊有列出一些疑問，讓詹祐儒在行前特別私訊詢問過對方，而詹祐儒也把對方的回答列印出來，讓曉潔可以在路上看。

「所謂的饑，」曉潔對一旁的亞嵐解釋道：「簡單來說，就是飢餓而死的靈體，在死後還是維持著飢餓的狀態，他們最大的特點就是逐食而居。」

「逐食而居？」亞嵐一臉狐疑：「那為什麼會是廚餘呢？理論上餐廳那些不是更有吸引力嗎？」

聽到亞嵐這麼問，曉潔立刻回想起當時自己似乎也提過相同的疑問，不自覺地笑了出來。

「妳笑什麼？」

「沒有，」曉潔笑著搖搖頭說：「只是想到當時我師父……說過的話。當時我問了跟妳一樣的問題，他立刻反問我，看到寶路罐頭妳會肚子餓嗎？如果妳看到寶路不會肚子餓，那麼餓靈看到人吃的東西，也不會靠過來啊。」

「……妳師父嘴挺賤的。」亞嵐冷冷地說。

「嗯，」曉潔笑著點點頭說：「妳有所不知啊。照我師父的說法，餓靈主食還是元寶蠟燭之類的東西，不過比較特別的是喜歡穢物，另外也很喜歡人吃剩的東西。所以如果一個人暴殄天物，不見得會被雷公打，倒是很有可能被餓靈纏上。」

「喔……」亞嵐看著資料點點頭：「廚餘？」

「嗯，」曉潔說：「不過一般來說，也不是有這些東西就會，只能說機會比較大。而且他們家開業那麼久了，如果要遇到餓靈，按理說早就遇到了，不會一直拖到現在，所以我昨天才會請學長去打聽看看，他們家經營的狀況最近有沒有什麼變化，尤其是路線方面……」

「路線方面？」

「嗯，」曉潔解釋：「因為如果是他們家開設的地點附近招惹來這些餓靈，那麼就像我說的，早就該惹到了。不過由於他們家有貨車會運送這些廚餘，所以應該是在路上招惹到的機會比較大。畢竟改變路線應該是很正常的事情，當然搬家也有可能，不過相比之下還是改變路線的可能性比較高。然後這就是學長問出來的結果……」

曉潔指著一張列印下來的地圖，上面有一條藍色的路徑，顯示著他們運送廚餘時的路線，這張也是詹祐儒製作出來的，確實在這方面，就連亞嵐跟曉潔都不得不承認，詹祐儒的確有過人之處，做出來的報告詳盡確實。

「我剛剛沿線查了一下，」曉潔拿出了手機：「有問題的地方應該是這裡。」

曉潔用手指著地圖，另外一手將手機轉向亞嵐，手機螢幕顯示的照片，看起來就像是年久失修的墓群。

「學長問過了，」曉潔說：「最近那位原 PO 的父親，因為年紀的關係，從公司退休下來，現在是她大哥在經營，大哥覺得過去設定的路線繞了遠路，所以調整了運送路線。」

「所以經過這些墓園的是新的路線？」

「對，」曉潔點頭說：「老一輩的人，還是覺得有點晦氣，不喜歡走那條經過墓園的路線，不過年輕一輩比較鐵齒，覺得這條路線比較近，可以省下時間跟油錢，所以選擇了這條路線。」

亞嵐腦海裡浮現著滿載著廚餘的貨車，經過那片墓園的畫面。即便沒有任何不敬的心態，恐怕也不是太好看。

「從照片看起來，」曉潔看著手機的畫面說：「這是年代有點久遠的墓園，其中有些都已經年久失修，所以說這些墓地之中，有些餓死的餓靈，應該也不為過。我師父跟我說過一個故事，大概是說差不多四、五十年前，有個小男孩把中午吃剩的便當，拿去亂葬岡倒，結果就被餓靈吃掉了。」

「才一個吃剩的便當就……」

「嗯，」曉潔點頭說：「才一個吃剩的便當就這樣，那麼一卡車的廚餘吸引力有多強，大概可想而知。」

相較於其他的靈體來說，這次的案件，比較沒有什麼意外性，就像當初曉潔想的一樣，這個案件就目前看起來，確實是很清楚沒有多少疑慮的案件。

剩下的就像是對照著口訣一樣，照表操課就可以了。

雖然已經非常確定，不過到了之後，曉潔還是會先進行測試，測驗餓靈的方法很多，不算太難，甚至就連當地應該都可以找到適合的材料。然後照著口訣，將餓靈集中起來之後，應該就可以簡單解決。

這次不比上一次，從資料看起來，被害者也還沒有被餓靈啃食靈魂，畢竟比起當年的陳芯怡來說，這次案件對餓靈來說根本就是一個大排檔、辦桌流水席，就算停業說不定也可以供他們吃上個一年左右，所以安全方面，比起陳芯怡來說，確實安全許多，不至於有糧食匱乏導致餓靈暴動的情況。

到了苗栗之後，三人換了車，立刻直奔原 PO 家的廠房。

今天是週末假日，所以廠房這邊只有一名警衛，當事人在跟詹祐儒聯絡好之後，也答應跟警衛說好，讓三人可以進去廠房裡面處理。

三人來到了大門外，旁邊有間警衛室，三人才靠過去，就有一個身穿保全衣服的人從裡面探頭出來。

「不好意思，」詹祐儒對警衛說：「我們是——」

詹祐儒話還沒有說完，警衛就打斷了他：「你就是詹祐儒嗎？」

「是的。」

「方小姐有跟我說你們會來。」警衛手動了一下，大門旁邊的小門立刻「嗶！」的一聲打了開來。

在警衛將頭收回去之前，補了一句，「另外兩個你們的同學也已經來了，他們已經先進去了。」

聽到警衛這麼說，三人都是一臉狐疑。

「兩個同學？」詹祐儒先是一臉疑惑，然後立刻變臉叫道：「不會吧！」

詹祐儒叫完之後，立刻衝進廠房，跑到廠房外朝裡面一看，立刻發出了哀號聲。

曉潔跟亞嵐也跟了上來，同樣朝裡面一看，就看到了兩個熟悉的身影。

鍾家續跟米古魯兔就站在廠房裡面，看起來已經來了一段時間了，而鍾家續似乎正準備開始動手。

想不到還真的是冤家路窄啊，竟然又再度跟兩人見面，讓詹祐儒的臉色立刻變得鐵青。

正準備要開始作法的鍾家續等人，也因為聽到了外面傳來的腳步聲，停下了手邊的動作，朝外面一看，立刻就看到了詹祐儒與隨後跟上的亞嵐、曉潔。

「你們是跟蹤我們嗎？」米古魯兔沒好氣地對著詹祐儒說。

「少臭美了，」詹祐儒一臉不屑：「妳不是我的菜。」

兩人還是跟先前一樣，見面不到兩句話，立刻就吵了起來。

鍾家續看到三人也走了過來，不過他的目標當然不是詹祐儒，而是曉潔。

「這一次你們又是為什麼出現在這裡？」鍾家續說：「上一次偷看得還不夠嗎？」

「跟你們一樣，」曉潔淡淡地說：「我們也是聽到這裡的傳言，才會過來的，只是沒想到你們也在這邊。」

「那還真是不好意思捏，」米古魯兔說：「我們先到的，這次只能再請你們站在一旁看我們表演囉。」

「為什麼？」詹祐儒說：「這又不是比誰快，當然是各搞各的，看誰厲害囉。」

「不，」曉潔伸手阻止了詹祐儒：「我們比較晚到，所以這次就讓他們處理吧。」

手。

想不到曉潔會這麼說，讓詹祐儒立刻碰了一鼻子灰，一旁的米古魯兔幸災樂禍地拍

「看到沒？人家都懂得規矩啊，這才叫做品德，懂嗎？」米古魯兔調侃著詹祐儒。

「不過，我們可以留在這邊看吧？」曉潔問。

「是啊，誰知道你罩不罩得住，我們還是先別急著走，等到他們不行了，就可以換我們上了。」詹祐儒冷冷地說。

想不到詹祐儒會突然挑釁，讓曉潔不自覺皺起眉頭來，畢竟雙方要是每次見面都是這樣，難保不會有一天真的發生衝突。

「那就好好在旁邊安靜地看著吧，」鍾家續瞪了詹祐儒一眼，淡淡地說：「你這個只靠一張嘴的傢伙。」

鍾家續說完，轉身朝廠房中去，不想跟詹祐儒繼續糾纏，米古魯兔見了，也冷冷地哼了一聲之後，追了上去。

原本還以為這會是驅魔三人組第一次的漂亮出擊，結果卻跟上一次一樣，只有站在一旁當觀眾的份。

當然，對曉潔來說，可以再次觀察對方的手法，也不算是毫無所獲，所以並不覺得今天算是徹底地白跑一趟，不過詹祐儒可就不這麼想了。

只見他恨恨地看著兩人，就好像真的被人打敗了一樣。

雖然現在可能不是最佳的時機，不過曉潔還是覺得應該跟詹祐儒說一下，關於遇到兩人組時的態度問題。

「那個，不好意思，學長，」曉潔沉著臉說：「你也知道我們之間有些……上一代的恩怨，所以如果真的遇上了他們兩個，可不可以……麻煩不要一直挑釁他們？」

聽到曉潔這麼說，詹祐儒的臉色極度扭曲，一臉委屈地抱屈：「學妹！妳沒看到對方的態度嗎？尤其是那個女的，不是只有我嗆啊！這種時候難道妳真的要我吞下這口氣嗎？」

當然米古魯兔的態度曉潔也知道，因此她也知道這樣對詹祐儒來說並不公平，所以點了點頭說：「我知道，我不是責怪學長的意思，只是……只是如果可以的話，我希望雙方可以不要再這樣下去，至少這一代，我希望可以和平相處。」

這是曉潔的肺腑之言，不管怎麼說，雖然先前的恩恩怨怨曉潔並不了解，但是事到如今，鍾馗派已經面目全非，而且她更沒有一定要跟鬼王派對立的理由，因此希望雙方至少可以和平共處，不要再像過去一樣，有任何血腥惡鬥了。

尤其是如果這場血腥惡鬥壓根兒就跟兩派無關，只是兩位網路小說家之間的較勁輸贏所引起的，真的就更不值得了。

不過事實也跟詹祐儒所說的一樣，對方挑釁的意味也很濃厚，所以對詹祐儒提出這樣的要求，曉潔也真的很不好意思，因此臉上不免浮現出歉疚之意。

一向吃軟不吃硬的詹祐儒，看著這樣的曉潔，咬牙切齒了一會之後，才無力地說：「好啦，我盡量試試看……」

看到詹祐儒這個樣子，讓一旁的亞嵐真的是又好氣、又好笑。

「不過，」亞嵐開口緩和了一下氣氛：「有一點我可能比較贊同這傢伙說的，畢竟我們大老遠跑來，總覺得這樣有點可惜，既然你們不是敵人，總可以合作幫忙一下吧？而且這樣感覺好像有點示弱，好像對於雙方的關係也不是件好事？」

「不是示弱，」曉潔說：「而是在這種情況之下，我們理論上不能一起合作。」

「是因為過去的恩怨所以有這樣的規定嗎？」

「不是，」曉潔搖搖頭淡淡地笑著說：「就算是兩個鍾馗派的人要合作，可能也有點困難，除了要一開始就分配好工作，還需要有點默契，才有可能比一個人的時候還要好，不然合作其實不是很有意義。」

「怎麼說呢？」

「因為……」曉潔笑著說：「我們有很多時候，需要假裝自己是鍾馗祖師，就好像跳鍾馗一樣，如果現場出現兩個鍾馗祖師，不就被人看穿是假的了，到時候反而有反效果，所以在一般情況之下，我們是不會聯手的，除非情況特殊或緊急吧。」

「原來是這樣啊……」亞嵐恍然大悟。

當然曉潔並不是瞎說，這些也的確是當初阿吉告訴她的。

這也就是為什麼，獨當一面對鍾馗派的道士來說，格外重要的原因。

要想像阿吉與他的師父呂偉道長那樣，到哪裡都是兩人聯手，先不要說效果如何，其實對鍾馗派本身來說，就已經是很稀奇的一件事情。

尤其是當阿吉跳鍾馗的時候，呂偉道長這邊在對抗靈體，頓時會變成有很多限制，如果不是阿吉的威力很強，這樣做其實意義不大，甚至只會讓呂偉道長綁手綁腳而已。

在弄清楚這點之後，三人轉向廠房內，此時兩人組也準備得差不多了，接下來就要看鍾家續大顯身手了。

在鍾家續正式開始之前，站在身旁的亞嵐，突然意味深遠地說：「我知道曉潔妳的心情，不過不要忘記了，有時候就算妳沒有敵意，不代表就不會遇到壞人，或者是……邪惡的人。」

第3章・進化

1

就好像那英的那首〈白天不懂夜的黑〉一樣，這一次更近距離的觀察，讓曉潔有了這種想法。

上一次三人到的時候，鍾家續已經拿出鍾馗戲偶，整起法事也已經接近收尾的階段。然而這一次，卻是從頭開始，因此曉潔很快就感覺到雙方的不同。

在今天之前，關於鬼王派的事情，就好像地理課本裡的長江與黃河、歷史課本裡的錦繡河山一樣，都是聽過沒見過居多。而今天就好像親臨現場一樣，清楚地看到那些錦繡河山與長江、黃河。

在來之前，曉潔已經想好自己的流程，而現在跟鍾家續對比起來，立刻有所不同。

按照口訣，對抗餓靈，有分幾個階段。

除了纏著被害人的餓靈數量與質量之外，另外一個重點就是看被害人被侵蝕的狀況。按照不同的狀況，也有不同的處理方法，所以第一個步驟，就是要先搞清楚這些餓靈到底有多少，質量如何，會不會太難對付。

由於三人到的時間有點晚，這些相關的測試，鍾家續似乎都已經做完了。

當然測驗的結果，鍾家續並沒有跟曉潔他們說，不過從鍾家續拿出瓦片的情況，曉潔知道對手果然就是餓。

「真的是餓。」曉潔對身旁的亞嵐說：「瓦片就是對付餓最好的東西。」

曉潔說完之後，將隨身的包包打開一角，讓亞嵐看看裡面的瓦片。

餓靈通常不會顯形，所以曉潔正打算將準備好開眼的柚子葉，分給亞嵐跟詹祐儒，誰知道鍾家續在地板上畫了個圓，直接讓這些餓靈顯形。

只見不只有鍾家續周圍，就連廠房的天花板等地方，都可以看到餓靈的模樣。

一個又一個，全身瘦弱，只有肚子突起的餓靈，立刻呈現在眾人面前。

而這些餓靈正虎視眈眈地看著站在中間的鍾家續，似乎正準備對他發動攻擊。

當然這些手法跟原因，曉潔都非常清楚，只是用這種方法讓餓靈顯形，有時候反而會增加他們的暴戾之氣，因此如果是曉潔的話不見得會使用。

雖然曉潔都知道，不過一旁的亞嵐跟詹祐儒可就完全不知情了，一看到那些餓靈，都不自覺地都倒抽了一口氣。

「那些肚子凸凸的就是餓靈，」曉潔向兩人解釋，「剛剛鍾家續在地上畫的那個是八卦陣，可以讓他們顯形，讓我們肉眼可以看得到，不過相對的，這麼做也會讓他們變得比較兇狠一點。」

如果不是有十拿九穩的把握，一般是不會這麼做的。

當然乍看到那些餓靈之下，讓亞嵐嚇了一跳，不過很快就恢復冷靜，側著頭仔細看了餓靈一會。

「怎麼……有種熟悉，好像在哪裡看過的感覺……」亞嵐說。

當然除了逼迫這些餓靈現形之外，鍾家續也引起了這些餓靈的注意，因此此刻所有的餓靈都看向鍾家續這邊。

這對曉潔來說，當然也不算意外，不過真正讓曉潔感覺到奇怪的是，多半這麼做，都是為了要跳鍾馗，不過從現場的模樣看起來，鍾家續並沒有這樣的準備。

曉潔稍微在心裡算了一下在場餓靈的數量，光是目測，數量比起當時纏住自己同學的數量還要少，如果是這種情況的話，確實不需要跳鍾馗就可以解決。

或許接下來，他就會像當年的阿吉那樣，把那些餓靈引過來之後，用豆子與瓦片解決這些餓靈，就像曉潔如果這一次真的上場所打算的一樣。

就在曉潔這麼想的同時，其中幾個餓靈有了反應，朝著鍾家續攻了過去。

看到餓靈的動作，腦海裡浮現出來的，是當時在幺洞八廟前，自己手拿著桃木劍，護著自己同學的畫面。

當時自己就靠那把桃木劍，勉強守住了同學，然後在快要撐不下去的時候，該死的阿吉才終於換好那金光閃閃的道袍，用豆子制住那些餓靈。

腦海中的畫面與現實相連接，餓靈也朝鍾家續撲過去，這時是最好的時機，可以撒出藏在手中的豆子。

但是鍾家續卻沒有這麼做，他向後一沉腿一伸，一腳就朝餓靈身上踢過去，接著手一甩，儼然就是個跟曉潔的魁星七式剛好相反的起手式。

鍾家續的動作流暢，絲毫不拖泥帶水，看起來就像是很習慣使用魁星七式一樣，看到這動作不免讓一旁的米古魯兔出聲歡呼，大讚鍾家續帥氣。

這時曉潔才發現原來米古魯兔一直坐在角落，手拿著筆記本，似乎很認真要把鍾家續驅魔的流程記錄下來，回家之後把它變成一篇精采的小說。

一想到這裡，曉潔立刻想到一旁的詹祐儒，轉過頭去看了詹祐儒一眼。

只見詹祐儒恨得牙癢癢的，一直恨恨地看著那個拿著筆記本在寫的米古魯兔。

看到這景象曉潔突然意識到，或許這就是鍾家續的用意，之所以用八卦陣讓這些餓靈顯形，不是為了給曉潔這些人觀摩，而是讓米古魯兔可以看清楚狀況。

看到這景象，曉潔突然想到一個疑惑，從古至今鍾馗派最大的大忌，就是把口訣，用任何形式的媒體記錄下來，不過如果像米古魯兔跟鍾家續這樣，本身沒記錄而是其他人記錄下來的，又該怎麼算呢？這樣是可以的嗎？

當然，這個問題曉潔也不會有答案，不過就鍾馗派傳人的立場，以及有這麼多人都為了口訣喪命的情況來說，或許身為鍾馗派的人，也應該極力避免這樣的事情發生才對。

至於鬼王派是不是一樣會遵守這樣的紀律，就不是曉潔所能了解的。

在曉潔想這些的同時，一個接著一個的餓靈前仆後繼地朝鍾家續撲過去，但是鍾家續卻都以魁星七式，一一將他們擊退。

這讓曉潔越看越不明白。

難道說……鬼王派真的方法都跟鍾馗派不一樣嗎？

為什麼他不用豆子跟瓦片呢？

明明有拿瓦片，為什麼一直放在腳邊，反而選擇用逆魁星七式來對付這些餓靈？

看著鍾家續一個接著一個擊退餓靈，曉潔心中的疑惑卻越來越深。

雖然說，不管是魁星七式還是逆魁星七式，確實對這些靈體有一定的殺傷力，就算真的只用這樣硬打，也不是說不可以，不過一來費勁，二來還是有危險性，萬一被這些鬼魂抓到，還是會受傷的，尤其是這些餓靈，特別愛咬人，萬一魂魄被咬到，可是會發狂的，實在不懂為什麼要冒著這樣的風險，硬要用拳腳來對付餓靈。

難道說……是因為我嗎？

曉潔不免這樣想。

就有點像是那些三不五時的演習，除了操演之外，或多或少都帶有恫嚇的味道。

至少現在的曉潔看起來，真的有這種感覺。

那從容的態度，以及熟練的拳腳功夫，似乎都像是鍾家續在對自己說：「本家的，看清楚吧，這就是我的實力！」

這或許是曉潔現在唯一能夠想到的解釋。

這時候幾乎所有的餓靈都已經聚集到了鍾家續的身邊，不過不管數量有多少，只要試圖靠近鍾家續的，都會被鍾家續擊飛。

只要被鍾家續打中的餓靈，雖然不至於立刻消滅，不過從形體看起來，就可以看得出來很明顯透明了一些，這代表著這些餓靈的力量正在削弱。

每個被減弱的餓靈，似乎也忌憚著鍾家續的力量，因此不敢再隨便發動攻勢。

這時，鍾家續終於低頭看著放在腳邊的瓦片。

好吧，或者到頭來，還是用瓦片比較省力。看到這一幕，曉潔心中這麼想著。

照當初阿吉的作法，就是在撒了豆子，打破瓦片之後，就可以收服這些餓靈了，根本不需要像這樣費力。

誰知道，鍾家續卻沒有將瓦片拿起來的意思，反而是將瓦片向前一踢。

不打碎嗎？還是說鍾家續要用踩的？

就在這個時候，鍾家續突然轉過來，朝曉潔這邊看了一眼。

「嗯？」

鍾家續的臉上浮現出一抹神秘的笑容。

看到鍾家續的笑容，曉潔更加確定，不管有沒有其他什麼原因，至少示威恫嚇的意義還是存在的。

鍾家續一回過頭，接著手一揮，終於撒出了豆子，只不過豆子的目標卻不是那些包圍著自己的餓靈，而是瓦片。

一連串豆子打在瓦片上的清脆聲響，讓在場的餓靈突然一凜，只見鍾家續低著頭，口中唸唸有詞，這些餓靈竟然全朝著地上的瓦片走過去。

這是怎麼回事？

看著這些餓靈的行動，讓曉潔感覺到不解，口訣裡面根本沒有用豆子打瓦片的這種事情才對啊。

就在曉潔還搞不清楚狀況的時候，其中一個餓靈踩上了瓦片，結果竟然跟當時阿吉摔碎瓦片的時候一樣，餓靈瞬間就像被吸入瓦片一樣，整個被吸到符裡面去。

看到這情況，一旁的亞嵐突然開口叫道：「我想到了！對！陰陽師，我一直覺得好像在哪裡看過這些靈體，陰陽師。」

當然亞嵐知道了，曉潔也意識過來了，原來鍾家續不只要制伏這些餓靈，還打算將他們收入符中，成為他的小鬼，供他使喚，這就是為什麼鍾家續會使用拳腳的緣故。

是的，這個地方就是鍾馗派跟鬼王派，最大的分水嶺。

這也是拜鬼王鍾馗為祖師的鬼王派，最原始的面貌。

凌駕於一切妖魔之上，君臨於一切鬼怪之巔，就是鬼王派。

而在認清這點的同時，所有的餓靈也全被吸入瓦片上面的符咒之中，鍾家續的工作亦告一段落。

這一次，他們贏了，不只搶得了先機，可以收了這些鬼魂，而且在心理上再次讓曉潔感覺到壓力。

看樣子，真的需要有所改變了。

這是親眼看到鍾家續的實力之後，曉潔唯一的想法。

2

鍾家續跟米古魯兔在解決了案件之後，拍拍屁股就離開了。

等到兩人離開，亞嵐立刻把握住機會，把心中的疑惑問個清楚。

「為什麼鍾家續他會跟日本的陰陽師一樣？」

雖然對鬼王派不是很熟悉，但是這一點剛好曉潔很清楚。

原因是當時阿吉在傳授關於餓的口訣時，提到了餓靈的外貌，也有提到跟日本陰陽師的式神很雷同，引起了曉潔的好奇。

「其實……」阿吉沉吟了一會之後回答：「日本的陰陽師，多少也流有鬼王派的血液。」

聽到阿吉這麼說，曉潔的雙眼當然瞪得更大了。

「不過實際上跟鬼王派也完全無關啦。」阿吉立刻又補了這麼一句。

「所以到底是……」

「我先前稍微提到過鬼王派的事情，」阿吉說：「不過這件事情又比鬼王派出現更早了。相傳鍾馗祖師一共收了七個徒弟，而七個徒弟便是我們鍾馗派的第二代。其實我們流傳下來的口訣，不是只有鍾馗祖師一個人創造出來的。在鍾馗祖師羽化而登仙之後，這七個徒弟也曾經多次對口訣進行補足的工作。其中最重要的應該就是鍾馗戲偶的誕生。」

「鍾馗戲偶？」

「嗯，」阿吉點了點頭說：「妳要知道，其實當年的鍾馗祖師，根本沒有跳鍾馗這回事。」

「啊？」阿吉這句話，讓曉潔忍不住張大了嘴，站起身來，難以置信的表情全寫在她的臉上。

會這麼震驚也是當然的事情，畢竟鍾馗派除了口訣之外，最重要的就是這個跳鍾馗，但是鍾馗祖師根本不跳，這到底是怎麼回事？

「對鍾馗祖師來說，」阿吉笑著說：「其實就只是一套以七星步為主軸的步法啊。

我們之所以稱為跳鍾馗，其實是指第二代以來，我們凡人不像鍾馗祖師那樣擁有神威，所以很多口訣的方法並沒有辦法像鍾馗祖師那樣，光是開口就可以震懾八方。第二代的弟子也非常清楚這一點，於是其中一個徒弟，便想出了假扮師父這個辦法，跳鍾馗就這麼誕生了。」

其實阿吉說的這些，就邏輯來說，似乎非常理所當然，不過曉潔卻從來不曾想過這些關係，或許這就是所謂的盲點。

「先是假扮自己的師父，」阿吉接著說：「後來發現親身扮演鍾馗祖師還有很大的危險，於是另外一個弟子由於家業的關係，導入了鍾馗戲偶，兩兩結合的結果，就是妳現在所知道的跳鍾馗。」

完全不知道原來跳鍾馗的背後有這麼一段典故，讓曉潔覺得有點訝異，也有點神奇。

「不只有這些，」阿吉接著說：「跳鍾馗其實只是其中之一，由於鍾馗祖師傳下來的口訣，對我們一般人來說，執行上其實有困難，後來的弟子們有了新的領悟，有些補足的部分，就直接納入口訣之中，供後世的人傳承下去。這就是當年的情況，不像現在。妳也知道，我師父有自創的口訣，當時我也有提議過師父，可以像過去一樣，把兩個口訣合起來，至少記憶起來會比較簡單一點。」

曉潔點著頭表示贊同，畢竟呂偉道長所創的口訣，其實本身就是為了補足這份原始的口訣，如果可以融合在一起，應該會比較方便才對。

「不過師父說，」阿吉攤開手說：「原始口訣遺失的量太大，為了保存鍾馗祖師僅存的一些口訣，還是希望可以維持原始口訣的原貌，寧可自己創新的，也不想要把它納入口訣之中，怕的就是破壞了僅剩不多的這些原始口訣。」

雖然不太能夠了解呂偉道長這些話的意義，不過聽阿吉說，呂偉道長最偉大的地方，就是對口訣的了解，既然他這麼說，或許真的有他的道理。

「不過這些都扯遠了，」阿吉揮揮手說：「回到剛剛說的話題，在導入了使用鍾馗戲偶跳鍾馗之後，其實一切都還在摸索的階段，而就在這個時候，在第二代的弟子之中，出現了我們鍾馗派歷史上第一個墮入魔道的人。」

可惜的是，這時候的曉潔對於鍾馗派墮入魔道這件事情，還不是很清楚，所以還不是很能想像那是什麼樣的狀況。

「那個被稱為叛徒的男人，」阿吉接著說：「原本是鍾馗祖師七個弟子之中，最沒有用的傢伙。不要說道行，對於導入的新技術，也就是操偶也非常不在行。為了可以追上其他師兄弟，他選擇了墮入魔道。或許一開始，他的發現是種意外，你知道其實在前線與這些惡靈作戰，難免會見血。尤其是像他那種學藝不精的傢伙，更是容易傷痕累累。於是血濺戲偶，自然就發生了。其實發現這件事情的人，不只有他，其他師兄弟也發現了，而且也知道伴隨而來的那些恐怖。會讓人墮入魔道，徹底失控的威力。於是其他師兄弟，紛紛在口訣中加入這些警告，就是為了防止後人誤入歧途。」

阿吉說到這裡，停頓了一下，臉上出現有點複雜的表情。

「不過那個叛徒卻不是這樣，」阿吉接著說：「他沉溺於這個新發現，一步步墮入魔道，這個發現讓他有如走火入魔一樣，聽說到後來他作法時都會帶把刀，只要一作法，就會先自殘。到了最後，他血祭了自己的戲偶，從此墮入魔道。」

由於這時候的曉潔，對於墮入魔道之後會產生的狀況不是很清楚，所以阿吉特別跟她稍微解釋了一下，何謂魔悟與鬼王派的一些基本知識。

「然後，」阿吉接著說：「那個叛徒的功力也因此突飛猛進，一時之間，的確讓第二代的其他六個師兄弟束手無策，不過最後六人師兄弟還是聯手打敗了他。據傳，戰敗的他為了躲避其他六個師兄弟，於是上了船，逃往日本。而在那之後，日本的陰陽師，就學會用符收妖，甚至使用被稱為式神的這種東西……」

想不到日本大名鼎鼎的陰陽師，竟然跟鬼王派有這樣的淵源，讓亞嵐聽了之後大呼不可思議，興奮之情全寫在臉上。

不過曉潔就沒有那麼樂觀了，尤其是在親眼看到鍾家續收服那些餓靈，讓曉潔的心情非常沉重。

身為繼承人的重擔，原來竟然會如此沉重。

這是驅魔三人組的第一次出擊，但是結果卻大大出乎三人的意料之外，然而曉潔等人不知道的是，這還只是一個開始，未來的路將會更加漫長與艱辛。

3

經過了這一天的奔波，在返回台北的車上，亞嵐已經在位子上沉沉地睡著了。

雖然說這一趟沒能處理到事件，不過卻也不算一無所獲，至少對亞嵐與曉潔來說，絕對不算是沒有半點收穫。

三人組之中的亞嵐，其實動機真的最為單純，由於對這類題材有著濃厚的興趣，加上跟曉潔又是好朋友，所以才會一起前來。

事實上，如果是以今天的情況來說，或許對亞嵐來說，是最理想的狀況也說不定。畢竟看曉潔處理跟看鍾家續處理這樣的案件，對亞嵐來說都像是看一場精采的電影，更重要的是鍾家續跟自己的交情，不像曉潔這樣，亞嵐根本不需要擔心，因此看起來真的就像是看電影一樣。雖然比起曉潔的情況，少了些身歷其境的感覺，不過絕對也算是種很不錯的體驗。

至於曉潔，雖然不能夠親自處理，不過光是在一旁看著鍾家續處理的狀況，也從中得到一些經驗。

至少現在的曉潔，對於鬼王派的了解，比起先前只看過阿畢的一無所知，要更加充實了一點。

而詹祐儒這一邊，可就半點都沒有這種心情了。

對他來說，此行不但浪費時間，更沒有半點意義。

因為這一次的經驗，就取材來說，不但沒有半點收穫，更是一場悲劇。

自從那次的殯儀館冰屍事件之後，在社群網站的小說部分，詹祐儒就一直沒有辦法發表新的文章。

而敵對的那個米古魯兔已經一連發表了兩篇精采的小說，相信在這幾天，她又會有一篇新的小說可以發表了。

面對這樣的狀況，讓詹祐儒感覺到壓力極大，如果情況再這樣下去的話，不要說故事內容跟文筆了，光是這種產量之間的差距，自己就可以不用混了。

好不容易找到了東山再起的希望，眼看這個希望現在又要日落西山，讓詹祐儒說什麼都不甘願。

在回程的車上，詹祐儒拿出了手機，連上了社群網站，看著小說的頻道。

果然情況真的跟自己預想的一樣，經過一連兩次的精采出擊，讓米古魯兔現在的聲望，遠遠超過了自己，成為目前小說頻道最炙手可熱的作家。

詹祐儒握著手機的手，因為激動的情緒而顫抖。

可惡！

雖然心中不甘願的情緒沸騰到冒煙，不過詹祐儒也知道，現在自己不管說什麼都沒有意義。

唯一能做的就是痛定思痛，好好振作與奮起，絕對不能再輸給那二人組了。

詹祐儒知道，他們必須要有所改變，面對這兩個強大的對手，他們絕對不能再嘻皮笑臉了，他需要找回那個男人，那個帶領著大家對抗學校霸權，受到所有人景仰的那個男人。

當然，那個男人就是他自己，只不過那個部分，似乎已經沉睡已久了。詹祐儒知道，自己必須把他喚醒，找回那個讓自己更為驕傲的自己。

而在車上失眠的人，不只有詹祐儒一個人，還有坐在亞嵐身邊的曉潔。

雖然不像詹祐儒一樣情緒激動到無法入眠，不過今天的經驗，也確實讓曉潔心有所感。

在今天之前，除了親眼看過阿畢與阿吉的對決之外，鬼王派的一切都真的可以說是只是一種都市傳說。

但是現在看過了鍾家續之後，曉潔深深體會到了兩者之間的差距，遠比自己想像的還要大。

不過這也是當然的，就阿畢來說，當了一輩子鍾馗派的道士，在最後的階段才步入魔道，就算是真正的實戰，當然還是以鍾馗派的一切為基礎。

然而鍾家續卻是從小就是鬼王派的傳人，所學的一切也都以鬼王派的東西為主，真正使用的手段，當然也是以鬼王派的為主。

不管如何，實際上從旁觀察的結果，更讓曉潔知道，自己真的不能再像過去那樣，以為只要反覆練習著口訣，並且張大眼睛找到一個值得相信的人，就可以完成自己的使命了。

如果不讓自己變強的話，說不定連口訣都保護不了。

雖然看到了鍾家續的功力，確實讓曉潔自嘆不如，不過關於那顆想要成長的心，卻是越來越堅定。

當不當道士是另外一回事，至少現在的自己，還是要想辦法讓口訣傳承下去，所以，絕對不能讓人傷害到自己。

這，就是曉潔現在的目標與期望。

4

雖然說雙方沒有互相確認，不過不管是曉潔還是鍾家續，都大概了解到對方的意圖。

說穿了，雖然心路歷程與最後下定決心的原因不一樣，但是雙方會積極想要處理這些案件的原因，其實都是相同的。

那就是為了增加自己的經驗，讓自己變得更強。

諷刺的地方是，雙方在經過這兩次的見面之後，都有種對方不會成為自己對手的感覺，不過雙方卻還是不能鬆懈的原因，就在於認定對方的門派，都不是只有對方一個人而已。可是雙方在自知自己家的狀況之後，都認定了自己就是鬼王派與鍾馗派現在所流傳下來最後的傳人。

兩人此刻的磨練，都是為了那個不存在的對手，也就是雙方門派中其他的人做準備，畢竟就目前來說，兩人都自覺有所不足，事實上也是如此。

葉曉潔，身為傳奇的那位一零八道長之後，腦中除了有最完整的口訣之外，經驗雖然不算豐富，但親身經歷過許多大場面。實力方面，雖然欠缺練習，畢竟有個非常好的師父，假以時日，等到把口訣跟操偶技巧等等熟練之後，成為獨當一面的道長，絕對不成問題。

鍾家續，身為鬼王派的最後一個傳人，雖然家道中衰，但是從小就在各方面展現出天分，就連他的父親都自嘆不如。由於從小就血祭過鍾馗戲偶，並且不管是口訣還是操偶都習之已久，早就練到滾瓜爛熟。有這樣扎實基礎的他，唯一欠缺的就是實際上的經驗。從小就關在家裡，沒有任何實戰的經驗，就像是象牙塔裡的學者一樣，什麼都是理論，卻沒有半點可以實驗的機會。假以時日，等到他開始補足了經驗，絕對可以超越父親，將鬼王派流傳下去。

對於自身的不足，不管是鍾家續還是曉潔，都很有感受。

從某個角度來看，這或許就是一種恐怖平衡，只有不斷的增強自己給對方看，對方才不會隨便出手，至少，這也是現在維持和平的一種方式。

在缺乏信任的基礎之下，這似乎也是和平存在的唯一型態。

只是不管是曉潔還是鍾家續，都很清楚的一件事情是，自己還沒有準備好，不管是面對對方的陣營，還是肩負起現在就已經壓在雙方肩上的重責大任。

5

社團租借的視聽教室裡面，亞嵐跟曉潔等人，跟著其他同學一起專注看著亞嵐特別帶來的電影。

今天大家所看的片子是《芝加哥打鬼》（The Return of the Living Dead）。

依照亞嵐的說法，這是心理治療的一環，尤其是在經過了那次的殯儀館事件之後，讓她對殭屍這個名詞產生了恐懼，需要多看點殭屍片，來找回那種對殭屍的感情。

雖然不太能夠理解，亞嵐跟殭屍之間所謂的那種情感，到底是什麼玩意，不過曉潔倒是可以理解為什麼這部片子可以被許多喜歡殭屍片的影迷奉為經典之一的原因。片中充斥著各種黑色笑料，以及融合許多殭屍片的點子，用完全不一樣的方式呈現出來，確實可以讓社團的大家看得津津有味。雖然不見得是部大家都會喜歡的大眾片，不過這個社團除了詹祐儒之外，本來就是喜歡這些恐怖題材的人，因此大家看得非常過癮。

片子結束後，更讓人期待的部分到了，不，應該說除了曉潔、亞嵐跟其他男社員們之外，最讓女社員們期待的部分到了。

那就是按照慣例，片子結束之後，接下來就是研討時間，一向不會放過任何發言機會的詹祐儒，會對片子發表個人的感想與演說。

即便這些感想往往只會讓曉潔與亞嵐翻白眼，不過總是會獲得滿堂采。

因此當視聽教室的燈光一打開，所有女社員立刻向前移動，全部集中在前方靠近講台的位置坐，等待著接下來的詹祐儒上台，發表他的觀影心得。

就好像呼應著所有人的期待一樣，詹祐儒緩緩地走上前面的講台。

雖然不至於到面色鐵青，不過詹祐儒臉上確實有了幾分沉重，一臉嚴肅皺著眉頭，看了一下底下的人。

「不好意思，」沉吟了一會之後，詹祐儒緩緩地開口：「今天社團活動可不可以就先到此結束。」

聽到詹祐儒這麼說，台下那些期待已久的女粉絲社員們，紛紛發出哀號的聲浪。

「因為系學會發生了一些事情，」詹祐儒一臉沉重地說：「讓我心情很沉重，所以今天真的沒有辦法像過去那樣，將我的心得跟各位分享，真的很抱歉。」

聽到詹祐儒的這席話，女社員們的失望化成了一陣又一陣的哀號、嘆息，不過這也是沒有辦法，更是不能勉強的事情。

既然沒有觀影心得，其他社員們紛紛站起身來，準備離開。

「那個曉潔跟亞什麼嵐的，」詹祐儒假裝跟兩人不熟的模樣：「請留下來一下，系學會那邊有些事情需要跟妳們商量一下。」

亞嵐跟曉潔互看一眼，完全不知道詹祐儒又要搞什麼鬼。

「亞什麼嵐，」亞嵐小聲在曉潔耳邊碎唸：「啊不就亞嵐嗎？裝什麼模、作什麼樣啊！」

等到其他社員離開，詹祐儒揮了揮手要兩人坐到前面來，兩人不太甘願地向前移動，來到了前面坐了下來。

「怎樣？」亞嵐似笑非笑地說：「我們可沒興致聽你的觀影心得喔。」

「妳竟然還有心情開玩笑？」詹祐儒聲音微微發顫：「妳難道真的一點羞恥心都沒有嗎？」

「啊？」亞嵐不悅地站起身來。

「妳忘記前幾天的事情了嗎？」

「前幾天？」亞嵐白眼：「你該不會是說……」

「正是！」詹祐儒一臉憤恨地說：「我們輸了！輸得一塌糊塗，妳還有心情開玩笑？」

「你不會太誇張了嗎？」亞嵐坐了下來無奈地說：「我不覺得我們輸了，就只是他們先到了，有那麼嚴重嗎？」

「當然有！」詹祐儒痛苦地搖搖頭說：「我真為我的學妹有妳這樣的同學而感到難過啊。」

「哼，」亞嵐不甘示弱：「笑死人了，她有你這個學長才是悲哀吧。」

「妳在乎過妳的同學嗎？」詹祐儒比著曉潔說：「她錯過了一次寶貴的經驗，妳都不會為她難過嗎？」

「真的沒有那麼嚴重。」曉潔淡淡地說，就連她自己也覺得真的沒有詹祐儒所表現出來的那麼嚴重。

「妳們到現在還搞不清楚嗎？」詹祐儒激動地說：「就是因為我們這樣的態度，才會讓對方有機可乘，如果我們再繼續這樣下去，我可以跟妳們兩個保證，類似這樣的事情，絕對會一而再、再而三的發生。」

詹祐儒都已經這麼說了，曉潔跟亞嵐確實也只能面面相覷，畢竟被人搶先一步是事實，而這種情況恐怕不會只發生這麼一次，也確實如詹祐儒所說的。

雖然不清楚背後的原因，不過曉潔大概也感覺得出來，鍾家續那二人組，確實也跟他們三個人一樣，鎖定了這些事件在處理。

可能情況真的跟詹祐儒所說的一樣，這是鍾家續的一種賺錢管道，不過不管背後的動機為何，這絕對不會只是一次偶然的情況。

「所以你的意思是……」亞嵐問。

「既然要做，」詹祐儒一臉傲然：「就要做到完美，這是我的座右銘。學妹，我再問妳一次，妳說妳想要更多經驗，是真心的嗎？」

面對詹祐儒強勢的追問，曉潔勉強地點了點頭。

「那妳運氣很好，」詹祐儒點了點頭：「有我這麼一個知羞恥、重信義的學長，我已經想好應對措施了。」

「可以不要說些無關緊要的話嗎？」亞嵐白眼：「直接把結果說出來，跳過這些讓人聽了會反胃的話，可以嗎？」

「我已經想好了，」詹祐儒一臉自信：「我們需要的是什麼？」

「一個不會大吼大叫，不知道在熱血什麼的學長？」亞嵐冷冷地說。

「錯！」詹祐儒指著亞嵐說：「機動力！這就是我們欠缺的，可以立刻有所應對的行動力！所以我想清楚了，現在我要向妳們兩位宣布，我們的驅魔三人組需要有所改變，我們需要升級，我們需要更加進化。」

亞嵐聽了正準備開口嘲諷，但是卻被詹祐儒伸手制止。

詹祐儒一手制止亞嵐開口，另外一隻手摀著自己的胸口，裝模作樣地說：「我知道，我情報蒐集的工作做得不夠確實，這方面請相信我，我已經痛定思痛，徹底洗心革面，我不會抱持著玩笑的心情來處理這些事情。對於我們新的團體，連名稱我都想好了，就叫做『驅魔快打部隊』！」

面對這樣直白的名稱，曉潔與亞嵐只能給予白眼了。

「這沒有抄襲嗎？」亞嵐冷冷地問。

「不是抄襲！」詹祐儒激動地叫道：「是致敬！更是一種精神的傳承，我們也要像快打部隊一樣，迅速出動，以更加優越的機動力，來打擊惡魔、消滅鬼怪！」

聽到詹祐儒如此厚顏無恥的回答，亞嵐連回嘴的力量都沒了。

「所以除了精神喊話，」曉潔無力地說道：「還有滿腔熱血之外，你有沒有比較實際一點的作法？」

「有！」詹祐儒說：「我已經想好了，我們沒有時間浪費，更沒有時間可以讓我們慢慢來。所以以後，只要一收到消息，我就會立刻傳訊息給妳們，出發的時間，也不可能再悠悠哉哉地另外找時間，基本上只要一下課，我們就立刻出發。」

「啊？」兩人都是一臉訝異。

「最重要的關鍵就是妳，曉潔。」詹祐儒看著曉潔說。

「我？」

「是的，」詹祐儒說：「接下來可能沒辦法等妳慢慢準備東西了，我希望妳可以準備一套可以應變大多數情況的東西，以便我們可以隨時從學校直接出發，朝目的地去。」

「這……」曉潔一臉為難。

「這將會是我們贏過對方最重要的關鍵，」詹祐儒信心滿滿地說：「也是我們即將絕地大反攻的方法，就這麼決定了！」

第4章・再出發

1

驅魔快打部隊……

不管怎麼聽，都讓人有滿滿的沮喪感。

為什麼一個取出這種名字的人，會那麼受歡迎呢？

這恐怕想破了曉潔的腦袋，也找不到其中的原因。

不過打從一開始，提出想要好好練習的人，就是自己，現在似乎也沒什麼可以抱怨的。

為了因應這樣的狀況，曉潔確實需要好好思考一下。畢竟在口訣之中，一百零八種靈體，每種都有不同的處理方式，所對應與需要的法器也全不一樣，要找到一套可以對應到全部靈體的法器，真的有很大的難度，不，嚴格說起來根本不可能，除非真的去租一台卡車，然後把所有法器都放在卡車上，不然光是要隨身攜帶，根本就是天方夜譚。

不過換個觀念想想，如果想要一上去就可以立刻將對方收服，對手肯定不可能是那種太高階的靈體，如果真的遇到了那樣的靈體，說什麼都得要有萬全的準備才可以。

就好像那些快打部隊，如果是對付聚眾滋事的那些小嘍囉還可以，但是如果面對的是軍隊或是武裝齊全的叛亂份子，也不可能靠快打部隊來應付。

換句話說，自己根本不需要真正準備一整套不管遇到什麼樣的靈體都絕對可以對付的道具，只需要一些比較常見的靈體，比較低階的，或者是不管在任何情狀之下都可以幫助自己的東西，應該就可以了。

有了這樣的目標，確實幫助曉潔找到了準備的方向，不過當曉潔開始掃讀腦中的口訣，對應著低階靈體列出自己需要準備的東西，立刻發現光是對付低階靈體的東西就準備不完了。

所以即便有了方向，似乎也不太可行……

到底該怎麼辦呢？難道說鍾馗派的道士，真的沒辦法有機動力？所有的鬼魂真的都需要先調查清楚之後，才能動手？

曉潔的腦海之中，浮現出先前亞嵐帶到學校播放的那些香港恐怖片，片中最常飾演道長的人，就是道長形象深植人心的林正英先生。在那些電影中，林正英師父也常常被村民一叫，立刻就趕出去。難道說現實生活，根本不能這樣？

難道說以前呂偉道長遇到這種緊急的情況，也先請何嬤給客人一杯茶，然後調查清楚，準備好對應的東西，才不疾不徐地出門？

這也太奇怪了吧？

而且就算想要調查清楚，也不可能兩手空空吧？雖然說準備的方向不一樣，不過相信如果是要測試鬼魂的種類，進行調查，相信需要準備的東西也是百百種，不太可能將全部的東西都裝著趴趴走吧。

這或許就是曉潔最缺乏的經驗……

雖然說比起鍾家續來說，曉潔的確在實戰經驗佔了很大的上風，光是為了同班同學而東奔西跑對抗各種靈體的時期，可能就足以抵過鍾家續四年大學生涯所累積的經驗。可是，另一方面，打從出生就跟這些東西絕緣的曉潔，對一些相對比較基本的事情，卻是遠遠不如鍾家續。

道士出門到底該帶些什麼東西？至少這樣基本的問題，絕對不會困擾鍾家續，或許這些就是所謂口訣以外的經驗，這方面鍾家續的知識絕對比曉潔來得還要完整。

這個看似簡單，實際上卻困難無比的問題，就這樣困擾了曉潔一整個晚上，即便到了睡前，也沒有半點頭緒。

第二天一早，雖然是週六，不過曉潔還是起了個大早，並且照著計畫，開始複習今天規劃好的口訣，由於週末的關係，可以複習的時間比較長，因此除了口訣之外，曉潔還安排了操偶與魁星七式的練習。

一直到了中午，把今天安排的功課都完成後，這個問題才又再度縈繞在曉潔的腦中。

可是曉潔還是沒有方向與新的想法，因此吃完中餐後，為了刺激自己的想法，曉潔來到了「呂偉道長生命紀念館」。

呂偉道長生命紀念館裡面，有許多呂偉道長生前的照片，還有許多呂偉道長生前常使用的法器，或許透過這些東西，可以幫助曉潔釐清到底該準備什麼東西。

身為么洞八廟現在的負責人，曉潔也透過何嬤了解呂偉道長生命紀念館裡一些東西背後的意義與由來。

像是其中一側的牆壁，掛著的相片幾乎都是呂偉道長與歷任總統的合照，這些是呂偉道長被封為國師時期，所拍下來的照片。

這些照片中總會有個中二的小毛頭，不時出現在角落或背景，而呂偉道長總是穿得比較正式，畢竟又不是到總統府抓鬼，自然服裝方面不會穿道士裝，因此這些照片可以給曉潔的參考價值並不大。

她需要看的是有沒有呂偉道長正在收妖時的照片。

可惜的是類似這樣的照片，似乎完全沒有展示在生命紀念館之中，或許在後面的倉庫，應該說現在變成了阿吉紀念館的房間裡面，可能有些沒有擺出來的照片。

不過曉潔很懷疑那邊會有類似這樣的照片，畢竟正在跟惡靈或者正準備跟惡靈對抗的時候，誰還會有心情留影拍照啊？

好吧，或許時下的年輕人連出車禍都可以打卡，可能真的會有人拍，不過那絕對不可能是在呂偉道長的那個年代……

照片可以給予的幫助不大，不過擺設出來的法器呢？

何嬤當初告訴曉潔，這些擺設出來的法器，都是呂偉道長最常用的法器。櫃子裡面確實擺了很多法器，不過這些法器，就是讓曉潔傷腦筋的地方，像是桃木劍、法索等等，這些確實都有在曉潔昨天列出來的單子，也確實在對抗某些靈體方面，具有特別的功效，問題是如果真的要打包隨身攜帶的話，這些法器可能就沒辦法全部帶出門。

……還是沒有辦法有半點頭緒。

看著這些法器，曉潔的腦海裡還是一團混亂。

曉潔遊走在櫃子之間，最後停在其中一個靠牆的玻璃櫃前。

玻璃櫥櫃裡面擺著許多張看起來有點褪色的符咒，聽何嬤說這些都是呂偉道長親手寫下的符咒。

或許在兩三年前，曉潔可能就跟其他人一樣，看著這些符咒上面的字宛如鬼畫符一樣，完全不知道它們的功效，但是現在曉潔卻也算是半個行家，不要說看符就知道它的功效是什麼，曉潔甚至有辦法自己寫，也非常清楚在符上面每個區塊代表的意義與功效。

不過這些符最重要的就是一種紀念，這些都是呂偉道長親手寫下的符，自然意義非凡。

聽何嬤說，幾年前有些收藏家，還曾經出天價想要收購這些符，不過被阿吉拒絕了。

看著這些符咒，曉潔突然有點羨慕阿吉，至少他還可以保有自己師父親手寫下的符，讓他留作紀念。

自己卻只有一封莫名其妙感覺像是遺書的訣別信，不要說展示了，就連讀都不是很耐讀。

但是如果可以像這樣，有阿吉寫的而留下來的符，或許就可以帶在身邊，至少可以保平安。

雖然說，如果真的有這樣的符，可能曉潔也不會隨身攜帶，而是選擇將它收在後面當成阿吉紀念館的房間裡面吧。

在走了兩圈之後，曉潔還是沒有辦法理出一點頭緒，因此朝後室而去。

來到了後面的阿吉紀念館裡面，同樣也擺著各式各樣阿吉用過的東西。

在這些東西之中，最顯眼的應該就是那件掛在牆上金光閃閃的道袍吧？

才剛進到房間，曉潔就看到那件黃金道袍，不免又習慣性地翻了白眼。

不過這只是一剎那之間，下一秒曉潔「啊」了一聲。

有了！對！

看著那件黃金道袍，曉潔腦海裡面終於浮現出一點頭緒了。

如果說要參考道士們出門都準備哪些東西的話，有什麼比這件，即便自己學生都已經命懸一線，騷包老師還是照樣一定要換上這件才肯出手的黃金道袍，更有參考價值呢？

「它不是只有好看啊，還有很多功能！」這是阿吉最常辯解的一句話。

曉潔倒是看過阿吉從道袍的暗袋中掏出一些符咒之類的東西，還有看過阿吉將道袍反轉變成雨傘的神奇場面。

更重要的是，如果今天在未知的情況之下，阿吉要出勤的話，肯定會穿上這件道袍。而這些道袍裡面所能塞下的東西，應該絕對就是一些基本而且通用性比較高的法器。

一想到這裡，立刻讓曉潔精神大振，將掛在牆上的道袍拿了下來。

曉潔翻了翻道袍，很快就可以找到許許多多暗袋，這些暗袋有的在袖口、有的在衣領，袖口的暗袋還有分層，暗袋有大也有小，而且暗袋裡面的材質，也有些很特別的地方。

看來阿吉真的不是唬爛的，這的確是一件多功能道袍。

可是沒有類似使用說明書的東西，光是確定有暗袋，也沒辦法知道這些暗袋到底該拿來裝些什麼東西。

雖然可以猜，不過現在曉潔就是需要釐清到底該裝些什麼東西，用猜的不是很有意義。

可是現在似乎也沒有別的辦法了……

唯一的辦法就是把法器拿來跟暗袋做比較，然後慢慢推敲，似乎也只能這樣了。

不過這一件黃金道袍，也算是阿吉生前的遺物，把它拿出去跟法器比來比去，讓曉潔多少有點排斥，萬一弄髒了，就不好了……

曉潔這麼一想，立刻聯想到在幾個月前，自己回來拿法器的時候，何嬤有把一個箱子交給她，說是阿吉為自己準備好的。

原本還以為是鍾馗戲偶，想不到一打開來，竟然是件跟這件黃金道袍一樣金光閃閃的道袍。

當時的曉潔由於期待太高，所以受到的打擊也很大。

不過現在想想，如果要試裝法器來推測看看的話，那件全新的黃金道袍倒是可以拿出來試試看。

想到這裡，曉潔將阿吉的黃金道袍重新掛好，掛回牆壁上。

雖然當時收到那件黃金道袍的當下，讓曉潔非常傻眼與失望，不過終究還是阿吉的一份心意，所以她還是把箱子拿回房間，收在床底下。

回到房間裡面，曉潔將箱子從床底下拿出來，深呼吸一口氣之後，再度將箱子打開。

裡面躺著的，正是那件由阿吉特別訂製送給曉潔的黃金道袍。

「你到底在想什麼……」曉潔對著黃金道袍說：「哪來的想法認為我會把這種衣服穿在身上……」

即便到了現在，不要說這件黃金道袍了，光是道袍曉潔都覺得自己這一輩子也不可能穿上，更不用說還是這種金光閃閃俗到爆的道袍。

不過穿不穿上是另外一回事，這也不是曉潔將黃金道袍拿出來的原因，甩甩頭，曉潔將黃金道袍從箱子裡面拿出來。

比起阿吉的道袍來說，這件確實是為了曉潔量身打造的，光是長度就比阿吉的還要短上一點。

拿出黃金道袍之後，箱子裡面還有另外一件衣服，看到那件衣服更是讓曉潔忍不住翻了白眼。

那是阿吉特別訂製的兔女郎裝，後來聽何嬤說，這件兔女郎裝是特製的，還是請成衣工廠特別製作的，不過因為如果只做一件，對方根本不願意接單，所以在特別的情況之下，阿吉一次就做了兩件。

所以這一件並不是曉潔當時所穿過的那一件，而是全新的，只是不管是尺寸還是大小都跟曉潔穿過並且收在衣櫃最底下的那一件一模一樣。

不過曉潔一點也不打算再穿一次，尤其是上次穿了之後發生了那樣的事情……

於是曉潔拿起了箱子的蓋子，正準備關上箱子，留下那件黃金道袍，好好研究、實驗一下到底哪個暗袋該放哪些東西。

正要蓋上的時候，眼角的餘光卻看到了一點東西，讓曉潔再把箱子蓋拿開。

此刻的箱子裡面躺著的，是整件幾乎都是黑色的兔女郎裝，摺疊整齊地放在箱子底部，不過在摺疊成方方正正的兔女郎裝旁，卻有一個白色的直角，從衣服旁邊露了出來，黑白相對的情況底下，雖然只是一個小角，但還是吸引到曉潔的目光。

曉潔放下蓋子，伸手將兔女郎裝，從箱子底部拿了出來。

果然，在兔女郎裝的底下，一張摺疊的紙就放在箱底，剛剛看到的那個白色直角，正是這張紙的一個小角。

曉潔將紙拿起來，打開來一看，淚水差點飆出來。

真是……太讓人感動了。

這完全超過曉潔的想像，紙張裡面寫的，竟然是道袍的各種功能與暗袋解說。

更重要的是，曉潔一眼就看得出來，筆跡就是阿吉的。

阿吉詳細地用簡單的圖示，把暗袋的位置與功用，通通寫了出來。

想不到……真的想不到。

曉潔的淚水真的流了下來。

阿吉確實有想到，曉潔什麼都不知道的情況，因此貼心地留下這張紙解說。

這下曉潔根本不需要在那邊猜東猜西了，這裡很明確地告訴了曉潔，到底一個道士出門他的道袍中都藏著那些「傢私」。

感動的心情溢於言表，激動的情緒讓曉潔的肩膀不住顫抖。

然後……眼光看到紙張最後的一句話，讓原本淚水滿盈的雙眼，頓時翻白。

「道袍透氣度不佳，尤其裝了許多法器更是悶熱，因此強烈建議道袍底下，最好同時搭配那件我為妳量身製作的兔女郎裝，才是正確的穿搭。」

「去死啦！」曉潔對著紙張罵道。

罵完之後，曉潔才突然想到，自己好像……似乎……真的有這樣穿搭過……

那尷尬的畫面才剛浮現腦海，曉潔立刻甩了甩頭，畢竟那是人生最黑暗的一個夜晚，曉潔完全不想回想。

將目光移回那些暗袋的功能，的確照著黃金道袍的暗袋，確實幫曉潔釐清了一些方向，知道該怎麼準備自己所需要的東西。

其實基本上，黃金道袍所準備的暗袋以及預計要放的東西，就是以曉潔現在所想的為基礎設計的，甚至不是阿吉一個人的巧思，而是經年累月所有道士改良之後的結晶。

單純就攻防來說，道袍本身主要的暗袋，都是幫助道士保命用的，防禦自然是主軸，在與靈體對抗的過程之中，本來道士的第一要件就是自保。

只有先自保，才能夠想得出方法反擊。

這就是曉潔的盲點之一。

先前曉潔想的方向，就是涵蓋大部分的靈體，找出口訣中，可以對付多種靈體的法器，說穿了，這就是攻。

但是大部分的道士在對手不明的情況底下，尤其是鍾馗派的道士，第一件事情想到的就是防守，只有在自身安全的情況，才有辦法找出對方的真身，轉守為攻。

在看到這張解說圖之後，曉潔這次終於找對了方向，準備一套可以「快打」的法器，也終於正式展開了。

曉潔找來了一個大小適中的袋子，就像是道袍那樣，將東西一一裝到袋子裡面。

準備好了袋子，雖然已經很鼓了，不過曉潔還是有點不安，畢竟總覺得少了一樣東西。

是的，這些準備的東西，其實說穿了，就是全部都可以塞入道袍裡面的東西，但是因為自己彆扭，就是獨缺道袍。

如果是其他道士，恐怕都是先把東西裝到道袍裡面，然後直接把一整件道袍帶著，就可以了。

省時、省力、省空間。

但是曉潔卻是只把東西放到袋子裡，然後不帶道袍。

因為曉潔非常清楚，自己絕不可能穿上這件道袍。

當然，少了道袍，大不了就像哆啦A夢的口袋一樣，什麼都從袋子裡面掏。

但是裡面一來沒有歸類，二來很多東西都很雜，難保在危急的時候，根本沒辦法快速拿出自己想要的東西，畢竟它到頭來終究不是哆啦A夢的口袋。

不過曉潔也知道有些東西是沒辦法取代的，像是道袍本身的八卦守護力，還有將道袍轉過來一拉，就可以變成法傘的功能……

因此，收拾了這些東西，卻獨缺道袍，感覺就好像……本末倒置。

這點曉潔也非常清楚，所以手握著道袍，內心掙扎了一會之後，曉潔跺了跺腳，還是乖乖將黃金道袍，收到了包包裡面。

對，不見得要穿，就算遇到危急時，把它拿出來給那些惡靈來個蓋布袋，也是很好用的！

曉潔這樣安慰著自己。

雖然最後將道袍給收入袋子之中，不過曉潔還是很排斥那件道袍。

金光閃閃，一看就覺得俗到爆。

如果說，最後曉潔將面臨抉擇，是不是要成為一個道士，相信類似這樣金光閃閃的道士袍將會是她考量的關鍵。

就好像去應徵工作的時候，會考量到工作的制服好不好看一樣。

將袋子拉起來，這樣準備工作也結束了。

只是這次準備法器的工作，真的也讓曉潔再度感覺到鍾馗派的博大精深。

就連準備法器，以因應各種狀況，背後都有那麼大的學問。

看樣子光是背熟了口訣，是真的絕對不夠的。

像是準備這些東西，需要的就是融會貫通，以及實際上的經驗。

曉潔深深了解到，自己還差太遠了。

所以，真的需要讓自己變得更強，至少才能讓這些口訣，得到好一點的保障。

曉潔再次下定決心，一定要讓自己變得更強，為了鍾馗派也好，為了未來可能會有的徒弟也好，甚至為了自己也好。

這都將是一條自己不能逃避的道路——就好像宿命一樣。

2

雖然照著阿吉的建議，將東西準備好了，不過就連曉潔都沒有辦法知道，這樣的準備到底算不算是萬全。

不過這點曉潔倒是不用太擔心，因為很快就有可以檢驗的機會了。

才將自己準備好的包包，隨身攜帶到學校的第一天，不過幾節課的時間，曉潔跟亞嵐就收到了詹祐儒傳來的簡訊，要兩人下午下課之後立刻集合。

想不到才剛出校門，就看到詹祐儒站在一台車子前面，對兩人揮手。

「上車吧。」詹祐儒對兩人說。

「啊？你有車啊？」亞嵐訝異。

「租來的啦。」

「你有駕照嗎？」

「當然有，快點上車吧，時間寶貴啊。」

詹祐儒催促著兩人上車，曉潔跟亞嵐雖然不是很相信詹祐儒的開車技術，不過最後兩人還是一起上了後座。

一直到現在，兩人都還完全不知道今天的案件是什麼，直到上車後，詹祐儒才把資料交給兩人。

「有沒有那麼誇張？」曉潔苦笑著問：「真的有那麼急嗎？」

當然，曉潔跟亞嵐不知道的是，再不想點辦法找到題材，自己就要被邊緣化了，因此詹祐儒比起曉潔還要著急。

「就是說嘛，」亞嵐也說：「而且曉潔也還沒知道是什麼案子，萬一不是不就好笑了？」

「放心，」詹祐儒說：「這個案子，連我看了都毛骨悚然，絕對是那種案子。」

既然詹祐儒都這麼說了，亞嵐與曉潔也不方便說什麼，只能打開資料夾。

在資料夾的第一面，就是網路論壇上面抓下來的文章。

大家好，第一次在阿飄版發文，請大家多多指教

雖然說是自身體驗，不過還是希望可以聽聽大家的意見

就是……我爺爺在上個禮拜往生了

八十六歲，加上重病多時

對於這樣的噩耗，家人也已經有了心理準備，所以不算是太過於意外

雖然家族不算太大，不過還是有些叔叔伯伯

大概十來人，為了辦喪事，所以大家都到新竹的老家幫忙

爺爺很傳統，因此後事交代得很清楚

堅持子孫們要遵循古法，否則就不分錢 XD

所以後事最後變成需要做滿七七四十九天

然後爺爺的孩子們還要輪流回來主持大局

我們家是第三跟第六個禮拜，

不過我爸有說，我跟我哥應該只有幾個比較重要的日子

再回來就可以了（當然這不是本文的重點 XD）

會在這邊 PO 文，當然就是在辦喪事的時候出了一些狀況

第一個發現異狀的是小阿姨
因為在髮廊當設計師的關係
所以小阿姨對頭髮的感覺特別敏銳
在爺爺過世三、四天左右，她告訴我爸說爺爺的頭髮變長了
當然，我哥跟我有查過了，往生的人會長頭髮這件事情
相信各位常常在飄版出沒的大大，應該很清楚
這不算什麼靈異的事情，有很多證據可以證明
可是接下來的事情，可能就沒有那麼多科學可以佐證了
由於前面提到過，爺爺很重視傳統，因此後事有交代得很清楚
所以家裡人有花錢請人來唸經，不是那種放錄音帶的
而是真的有人在那裡日夜吵死人的在唸經
在頭七前一兩天的時候，負責唸經的師父
突然有一天晚上全部都跑了
第二天醒來看不到人，家人才覺得不對勁
到了頭七那天，我們家又重請了一些新的人
順利做了頭七的法事，那天我有去
當然聽到小阿姨那件事情之後，

我跟我哥也有去看爺爺的大體
不只有頭髮，就連指甲也變長了、還長出了鬍碴
不過這些可能都還算是正常的狀況，
所以我們家人也沒有很在意
後來第二個禮拜輪到我大伯家
想不到第二天那些新請來唸經的人
又全部跑光了
而且這一次，幾乎都找不到人了
除了這個之外，大伯他們家的人說
爺爺看起來，似乎有移動過
所謂的移動，不是指那種站起來走
而是那種手的位置啦，腳的位置啦
都會有些改變
現在也沒有人敢來唸經
我們該怎麼辦？
現在才剛過頭七
還有好幾個禮拜

尤其是下個禮拜就換我們家了
希望大家可以給我們一點意見

當然，就故事的本身來說，似乎還確實算是有點詭異。

不過要說到這絕對就是……好像也有點言之過早。

「是有點像，」亞嵐看完之後說：「可是……好像也沒你說的那麼確定啊，你是怎麼那麼肯定這個就是？」

「妳翻下一頁，」詹祐儒咬牙切齒地說：「我有把回應印出來。」

亞嵐與曉潔翻過下一面，果然看到文章下面的許多回應。

有些人說很毛，也有些人覺得大驚小怪。

不過大部分的人還是在爭論著到底該怎麼處理。

有一部分的人認為都已經到了這種地步，不用堅持什麼古法了，應該可以照著現代的習俗走就好了，不用那麼多天，趕快把喪事辦一辦。

不過有一部分的人認為還是需要尊重老人家的意思，咬牙把喪事辦完，如果真的不安心，就找一些比較知名的大廟來幫忙等等。

這些回應似乎都還算正常，還看不出什麼端倪。

不過突然出現了一則回應，讓下面的回應也跟著改變了。

一個 ID 為 Mikulu2（米古魯兔）的網友，留言私訊兩個字，下面立刻出現大家回應「男神要出動了嗎？」、「原 PO 有救了！」、「看來又有故事可以看了（拉板凳）」等等的留言。

當然不需要問詹祐儒，也知道這個留言的人，應該就是那天跟鍾家續一起出現的那個米古魯兔。

這就是詹祐儒如此著急與確定的原因吧？

因為對手已經出手了，所以他才會如此著急吧？

亞嵐跟曉潔互看一眼，然後不自覺地又翻起了白眼。

不過這一次，兩人白眼真的翻得太早了，因為當他們翻完白眼，繼續看下去，另外一個 ID 立刻讓兩人臉都僵了。

在一片男神出動的聲浪之中，一個 ID 默默地打了跟米古魯兔一樣的話，請原 PO 私訊我。

不過這絕對不是讓兩人臉色都僵掉的原因，會讓兩人臉色如此難看，完全是因為那個 ID 叫做 HandsomeJames（詹祐儒）。

如此自戀的 ID 還真是有聽過沒見過，更讓兩人不敢置信的是，你取這種噁心的 ID

就算了，後面的暱稱還用本名，是有沒有那麼自戀啊！

「我說，」亞嵐用冰冷到極點的語氣說：「如果要取這種不要臉的ID，可不可以暱稱不要用本名……」

「首先，」詹祐儒心平氣和地說：「我不覺得哪裡不要臉，我只是實話實說，照著現實的狀況取的ID，再者……本名是因為我好歹也算是個名人，上過節目、出過小說，沒什麼不好的啊，那可是有註冊商標的。」

聽到詹祐儒的回答，亞嵐整個嘴巴張開，雙眼翻白，就真的好像在漫畫裡面當人靈魂從嘴巴跑出來的模樣。

這樣的對話，不免讓曉潔想起了當年自己跟阿吉之間的對話，當時的自己也是像亞嵐這樣，被自戀又不自覺的阿吉搞得白眼連發，幾乎翻到眼睛都快要出毛病了。

這些回憶讓曉潔現在回想起來，不免覺得有點懷念，嘴角也不自覺地揚了起來。

「妳別顧著笑啊，」一旁的亞嵐看到曉潔這樣，也是又好氣又好笑：「這傢伙可是妳的直屬學長，妳也幫忙說個幾句啊。」

曉潔笑著搖搖頭說：「講就有用的話，不會變成今天這樣，我們還是研究案子比較實在。」

「妳的意思是他沒救了嗎？」亞嵐輕聲問。

曉潔笑著點點頭，兩人又是一陣爆笑。

不過說笑歸說笑，案子本身可一點都不好笑。

「所以，」亞嵐問曉潔：「妳覺得這次的情況，真的是所謂的『屍變』嗎？」

「有可能，」曉潔說：「不過實際上的情況，可能還是要現場測驗一下才行。畢竟這裡的資料有限，很難下定論。」

確實，目前曉潔跟亞嵐手上的資料，除了那篇在社群網站的PO文之外，剩下的就是一些詹祐儒跟原PO私訊時的一些對話內容。

而這些對話之中，可以看得出來，原PO算晚輩，所以有很多事情都不是很清楚，畢竟這種算是家中大事，因此都是長輩們在處理。

「不過我記得妳說過，」亞嵐皺著眉頭回想：「好像有分什麼初喪、中喪、末喪還是什麼的，然後有說過喪就是因為後事沒有辦好，才會變成這樣……」

曉潔點了點頭。

「可是，」亞嵐指著資料說：「這邊也說她爺爺特別重視傳統，所以什麼都照步驟來，怎麼反而變成這樣呢？」

「所以這一次，」曉潔說：「我懷疑是屍的成分多過於喪。」

「屍？」

「嗯，屍喪本同源，」曉潔向亞嵐解釋：「兩者有很多相近之處，不過處理的方法跟形成的原因都很不同。妳所熟悉的殭屍，我們稱之為『喪』，主要確實是身後事沒有辦好，至於屍呢，大部分的情況是死沒有死好，或者是屍體本身出了些問題。」

亞嵐皺著眉頭，似乎不是很了解什麼叫做沒有死好。

「簡單來說，」曉潔解釋：「人在死亡的那一瞬間，魂魄就會離開肉身，但是在某些情況之下，魂不離其屍就被我們稱之為『屍』。也就是說，那個肉身裡面還有靈體在其中。」

「感覺兩者好像很接近，很難分呢。」即便點著頭，不過亞嵐還是有點疑惑。

「大部分會有這種狀況，」曉潔笑著說：「都是在死亡的時候，出了一些比較不一樣的狀況，還有一些是不肖份子拿屍殼來養靈，然後用他們做壞事……」

「我知道！養小鬼！」亞嵐突然興奮地大叫。

「對，就是俗稱養小鬼。」曉潔笑著說：「這在我們的這一派裡面就稱為『人屍靈』。」

「哇，」亞嵐讚嘆地說：「你們那派還真廣，連泰國的養小鬼都可以對付。」

「口訣有，」曉潔苦笑搖搖頭：「不代表我可以對付，如果真的是養小鬼，現在的我可能還沒辦法應付。」

「嗯……」當然對於這點，亞嵐也不太清楚，不過至少到目前為止，曉潔可能是全世界她唯二看過有真材實料的人，她都不能對付的話，亞嵐也不知道還有誰可以對付。

「所以光從這些資料上面看不出來是屍還是喪囉？」

「嗯，」曉潔點了點頭說：「其實不見得所有靈體都是獨立的，簡單來說所謂的口訣，只是個整理與歸類，理論上可以對應到所有的靈體，只是靈體會改變，當然相對的處理的方法也會有所改變。最好的例子，就是在我們鍾馗派的口訣裡面有所謂的三轉三生，怨轉凶、屍轉喪、魅轉惑；縛生怨、饑生狂、煞生逆。也就是說，即便現在是屍，如果不處理好，也有可能會變成喪。」

沉默了一會之後，曉潔淡淡地說：「只要不是養小鬼，屍比起喪來說，好處理很多。」

當然曉潔也非常清楚，如果是養小鬼的話，可能就不是現在的自己所能處理的了。

3

那位貼文的女大生叫做魏育瑄，雖然是土生土長的台北人，不過老家在新竹郊區。前幾年奶奶過世的時候，因為擔心爺爺一個人獨居，魏育瑄的父執輩曾經提議過，希望爺爺可以搬去跟他們同住，不過爺爺還是堅持一個人留在這裡。

這時候已經過了頭七，也就是曉潔當初跟亞嵐說的「初喪」已經過了，現在已經是中喪的階段了，如果魏育瑄的爺爺真的變成殭屍，那麼就是能夠行走的殭屍。

三人開著車到了新竹，下了交流道，曉潔注意到坐在隔壁的亞嵐，臉色有點五味雜陳。

「妳還好吧？」曉潔擔心地問。

「這次的案子，可能是殭屍，讓我……」亞嵐皺著眉頭說：「既期待，又怕受傷害，我的心情，妳懂嗎？」

曉潔感覺到哭笑不得。

不過曉潔當然不能了解，自從台北殯儀館的冰屍事件之後，亞嵐可是花了一番功夫，才重新拾回對殭屍的愛，但是現在看來又要遇到殭屍，讓她有點擔心會不會又破壞她心中那份對殭屍的熱愛。

雖然亞嵐非常喜歡看殭屍片，但是現實生活可就沒有那麼有趣了，畢竟上一次亞嵐才親眼看見高小姐被殺死，真的徹底破壞了她對殭屍的感覺。

當然亞嵐的這份情感，就跟對很多動漫迷來說，二次元比三次元更美好的感覺一樣。殭屍，還是在電視裡面比較美好。

「……唉。」亞嵐深深嘆了口氣，因為亞嵐也知道，這種心情就算是曉潔也不會懂。

「如果那麼苦，」曉潔苦笑著說：「妳要不要跳過這次事件？」

「妳瘋啦，」亞嵐白了曉潔一眼：「當然不可能啊。」

就在兩人這麼聊著的時候，目的地也越來越接近了。

遠處的路上，可以看到在路邊搭起的棚子，類似這樣在路邊辦起喪事，在過去的台灣可以說是隨處可見，不過近年來越來越少了。

畢竟台灣地狹人稠，尤其是現在高樓林立，不但就空間來說很不方便，而且也很容易影響他人，所以經過宣導與民情的改變，現在這樣辦喪事的人也很明顯地減少了。

不過就像魏育瑄的貼文中提到的，這是她爺爺的遺囑，加上這裡附近住家稀少，所以似乎影響周遭的狀況不大。

車子才剛停下來，一個年輕的女子就朝車子跑了過來。

「請問是詹祐儒嗎？」女子問：「我是魏育瑄。」

詹祐儒簡單向魏育瑄介紹了曉潔跟亞嵐，接著眾人便朝著棚子的方向移動。

「那個……不好意思，」魏育瑄一臉尷尬地說：「其實還有另外兩個人會來，因為我們現在家人們都有點不知所措了，希望可以快點解決這個問題。」

即便魏育瑄不說，詹祐儒等人也知道這兩個人是誰，不過這一次先到的是三人，有了上一次的經驗，看這次他們又有什麼話說。

不過這些尚在其次，真正的問題還是在該怎麼處理這次的事情，因此曉潔稍微問了一些問題之後，便表示想要去看一下大體。

魏育瑄帶著三人，先禮貌性地在靈堂前上個香，接著來到了棚子後段，一個大冰箱就停放在那裡。

雖然這絕對不是三人第一次來到這種存放大體的地方，不過剛走進來還是讓詹祐儒覺得有點毛毛的。

曉潔向魏育瑄要了兩個碗跟三炷香，接著便開始翻著隨身帶來的百寶袋。

再來要對大體做測試，透過這個測試可以很清楚地知道這一次要面對的對象到底是屍還是喪，而這個測試需要兩個東西，一個就是香，另外一個就是糯米。

雖然主要是對抗殭屍，不過其實在口訣之中，還有不少狀況可以用糯米來解決，多少也算是一種比較通用的物品，因此也被收入了百寶袋中。在穿著黃金道袍的時候，是被收在衣袖裡，只要記熟衣袖暗袋的位置，熟練一點的話幾乎一縮手摸一下就可以抓出一把來。

至於香百寶袋裡面當然也有，平常收藏在腰帶後方，不過畢竟這裡正在辦喪事，香多得很，因此曉潔便拿前面的香來用。

魏育瑄將香跟碗拿來之後，曉潔也找到了糯米，搬來了一張椅子後，立刻開始進行測驗。

在椅子上一個碗裝著糯米，另外一個碗裝了點香灰之後，插上三炷香。

在等待著香燒完的空檔，當然曉潔也向一旁興沖沖瞪大雙眼的亞嵐解釋一下這個測驗。

「糯米尋喪，三香探屍，」曉潔說：「這就是我們測驗屍喪的方法，等香燒完，我們就知道到底是屍還是喪了。」

亞嵐聽著點了點頭，然後突然歪著頭想了一會。

「三香探屍……」亞嵐一臉疑惑：「如果這樣的話，是不是燒三支香就可以了呢？畢竟如果是殭屍的話，應該會燒成兩短一長啊。」

聽到亞嵐這麼說，曉潔笑了出來，抿著嘴看著亞嵐一會之後，緩緩地搖搖頭。

「嘟嘟妳真的很有這方面的天分，」曉潔笑著說：「確實如果沒有辦法找到糯米的時候，這個方法也可以。不過香燒成兩短一長，是屍氣夠多才測得出來，如果她的爺爺是被殭屍殺死的，屍氣有可能不足，不太會燒成兩短一長。但是還是有可能會屍變，至於糯米的話，只要是屍變，都會讓糯米變色，所以為了保險起見，還是以糯米為主比較準確。」

亞嵐聽完之後非常滿意的點著頭。

確實亞嵐從各方面來說，真的都是個很理想可以傳口訣下去的人，不過就是那個記憶力……

在等待這段時間裡面，曉潔也順便向魏育瑄打聽一下大致上的狀況。

魏育瑄的爺爺生前是個退休的公務人員，生活沒有什麼特別的地方，不過由於個性比較直，所以常跟人起衝突。然這些衝突都是些小事，所以說與人結怨似乎也不至於到那種地步。過去奶奶還在世的時候，個性比較溫和的奶奶比較可以中和一下爺爺的脾氣，但是在奶奶過世之後，爺爺就很少外出，就連子孫們也比較少聯絡。身體的方面聽說心臟的問題還挺嚴重的，幾年前似乎有考慮過動刀，但是最後還是不了了之。去世的當天，有快遞公司的人，送小姑買給爺爺的東西，發現門開著就進去叫人，誰知道就看到爺爺躺在客廳，沒有生命跡象。

不過當然這些大部分都是魏育瑄從父親那邊聽來的，其實就魏育瑄來說，對爺爺的印象並沒有那麼深刻，畢竟相處的時間有限，對爺爺的了解也有限。

大致上了解一些情況之後，香也燒得差不多了。

曉潔過去看了一下，糯米還是沒有什麼變化，但是香卻沒有燒得很乾淨，留下一條細細的香體沒有燒毀。

這樣一來大致上就確定了。

就在曉潔還沒有說出結果，身後就傳來一個熟悉的聲音。

「看樣子是屍了。」

眾人一起回頭，果然見到了米古魯兔與鍾家續就站在入口處。

第5章・另一種傳承

1

米古魯兔臭著一張臉，似乎對再度看到詹祐儒等人非常不爽，不過這完全不能改變曉潔等人比較早到的事實。

「這下妳沒有話說了吧？」詹祐儒一臉得意：「這次就換你們乖乖在旁邊看了。」

當然，對於詹祐儒的說法，其實鍾家續並不反對。

因為他也很想看看，本家的這個葉曉潔，到底有幾分能耐。

因此鍾家續聳了聳肩，不表示任何意見。

既然自己的男神都接受了這個結果，當然米古魯兔也沒什麼意見。

只是她一臉不甘心，跟鍾家續站在旁邊的模樣，不知道為什麼，感覺和詹祐儒還真有幾分像。兩人卻是水火不容的模樣，難道說真的像人說的，越是相像的人就越會討厭對方嗎？

看著詹祐儒跟米古魯兔，不免讓亞嵐有了這樣的想法。

既然鍾家續等人願意在一旁觀看，曉潔這邊也就繼續處理下去。

「像這樣香燒不盡，」曉潔對一旁的亞嵐解釋：「還留有一條線絲的狀況，就是屍的兆頭。」

明明只是一句稀鬆平常的話，但是亞嵐聽了興奮之餘，跟詹祐儒兩人不自覺地同時望向鍾家續，而且不只有這兩人，就連坐在鍾家續身旁的米古魯兔也都一起看著鍾家續。瞬間成為眾人的焦點，也讓鍾家續有點不知所措，只能點點頭算是認同曉潔所說的話。

「果然是同一家的。」亞嵐喃喃地說。

當然這些完全沒有問題，現在的問題就在是什麼讓魏爺爺變成屍的。

這就不是這樣一個簡單的測驗就可以得到答案的，這點不管是曉潔還是鍾家續都非常清楚。

不過剛剛在跟亞嵐解說的時候，曉潔意外發現自己有點忌諱，或許還是根深蒂固對鬼王派的觀念，因此剛剛在跟亞嵐解說的時候，曉潔完全不是照著口訣唸，而是將口訣直接翻成白話來說。

這點就連曉潔自己也覺得意外，原來自己還是有這樣的意識，在鍾家續的面前不便直接說出口訣。

「確定是屍了之後，」曉潔雖然是對著亞嵐，但是實際上也是向在場的所有人說：「接下來要找到所謂的屍源，就是造成今天這種狀況的原因。」

所謂的屍源，最有可能的情況就是在死者往生的地方，再來就是死者生前活動的範圍，不管哪一個都是在這棚子旁邊的透天厝，所以應該從那裡找起。

照魏育瑄的說法，因為唸經的師父又跑掉了，加上這陣子爺爺的變化，讓他們家的大人們，紛紛外出去拜訪遠一點、知名一點的廟宇，就是希望可以順利解決這件事，所以今天才會讓魏育瑄看家。換言之，至少目前來說，沒有任何大人在家。

而曉潔等人會來的事情，魏育瑄也只有跟自己的媽媽說，沒跟其他長輩們說。不過現在家裡人人心惶惶，大家都很不安，如果曉潔等人可以順利解決這個問題，也沒有什麼不好，相信家裡人也不會說什麼。

當然，家裡沒有其他大人對曉潔等人來說，確實方便很多，如果一堆大人們在那邊看自己處理，又問一大堆問題的話，說不定反而綁手綁腳、不好處理。

真正的問題還是在於屍源所在，所以曉潔打算從魏爺爺居住了大半輩子的房子開始找起。

在搜著百寶袋，準備拿出適當的法器時，曉潔眼角的餘光注意到，趁著這個機會，米古魯兔跟鍾家續正在問魏育瑄一些問題，由於大門與靈堂有一段距離，所以曉潔這邊聽不清楚他們談話的內容，不過大概也猜想得到。

「這一次的案件，」曉潔對其他兩人說：「雖然是我們先到的，不過……最後不見得是我們處理。」

「怎麼說？」一聽曉潔這麼說，詹祐儒幾乎都要跳起來，瞪大雙眼問。

「雖然確定是屍了，」曉潔淡淡地說：「不過就像我說的，要找得到屍源才行，你們看他們似乎也打算動手了。」

兩人轉過去，也看到了鍾家續跟米古魯兔兩人正在跟魏育瑄交談，看起來似乎真的如曉潔所說的，沒有打算只是純粹在旁觀看的樣子。

就在三人看著那邊的時候，這時談話似乎告一段落，鍾家續與米古魯兔兩人朝著三人這邊而來，讓亞嵐跟詹祐儒趕忙把視線移開。

米古魯兔跟鍾家續靠過來，鍾家續使了使眼神，米古魯兔向前一步，對著曉潔說：「你們應該還沒找到屍源，如果不介意的話，我們也想幫忙找找。」

米古魯兔一臉笑意，讓一旁的詹祐儒看得十分不爽。

真是個見縫插針的傢伙，看了就讓人覺得火大。

結果曉潔還沒回答，詹祐儒身子一橫，直接搶答：「介意！非常的介意！喂，上次我們可沒——」

然而詹祐儒話還沒說完，身後的曉潔便打斷他。

「不，沒關係，你們也一起找吧，這樣比較快。」

聽到曉潔這麼說，米古魯兔開心地跳了一下，對曉潔說：「果然還是妳比較明理，不像某人。」

臭完詹祐儒，米古魯兔立刻轉身，然後跟鍾家續兩人朝著靈堂方向而去。

兩人走遠一點，詹祐儒立刻嚴正抗議。

「學妹啊，」詹祐儒不滿：「為什麼妳要這樣？」

「畢竟這是幫人，」曉潔說：「不是分勝負的時候，現在最重要的就是找到屍源，其他的到時候再說吧。」

曉潔這時找齊了自己要用的東西，站起身來，走到門口。

「走吧，我們進去找吧。」

詹祐儒恨恨地看著靈堂那邊，非常在意米古魯兔他們的行動，不過現在也不能怎麼辦，只能默默祈禱曉潔比他們還要早一步找到。

曉潔拿出了羅盤，如果是在穿著道袍的時候，這東西一般是收在後腰際的袋子裡。

像這樣開始找屍源，讓曉潔想起了一個人，那個人就是號稱屍的專家，最擅長處理屍靈相關問題的醫生道長——陳延生，也就是陳伯。

曉潔曾經跟著他在陳純菲母親的租屋處，想辦法要破一個拿成年男子大體來養小鬼的案子。而在陳伯一邊找屍源與破綻的時候，也一邊跟曉潔講解、解釋自己的行動。

後來當阿吉在傳授屍的口訣時，有很多地方曉潔提出來當時陳伯說的話，甚至連阿吉都不清楚。

雖然不像呂偉道長那樣，把這些東西都化成口訣，不過陳伯對屍的了解，真的像阿吉所說的一樣，是個專家中的專家。

而當時的話此刻也浮現在曉潔的腦海之中，對尋找屍源很有幫助。

「一開始要做的事情，就是定位。」雖然當時的陳伯一臉嚴肅、緊張，不過仍然向一旁的曉潔解釋自己的動作。

因此曉潔一進到房間裡面之後，立刻開始對房子進行定位。

當然這些動作，現在換成了曉潔跟亞嵐解釋了。

雖然曉潔目前來說，對口訣可以說是倒背如流，不過一旦要開始處理的時候，總是容易腦袋一片空白，甚至不知道該從哪裡開始著手。

因為口訣是從各個靈體的特性、特徵等開始描述起，然後測驗手法跟許多狀況都混雜在口訣裡面，並沒有以步驟來規劃每個道士該從哪裡開始一步步做。

因此就算背熟了口訣，實際上要開始解決問題，常常會不知道該怎麼做。

但是這一次，卻是非常清楚，因為該從哪裡著手，當時的陳伯都有告訴曉潔。

感覺就好像當初陳伯已經預見到自己會成為鍾馗派的弟子一樣，因此現在那些提點反而成為了比口訣更可靠的指引。

「如果有屍源在屋子裡面的話，」曉潔解釋：「比較容易會聚集在一些固定的地方，簡單來說就是陰氣比較重的地方，從那裡下手的話，應該會比較有線索，這也就是我們需要先定位的原因。」

就好像風水師一樣，要幫人看風水，一定也是先定位，搞清楚格局與方位之後，才能夠開始分析細節。

雖然曉潔沒有學過風水，不過相關的方位與風水的部分，其實在煞的口訣之中，有不少地方都有提到。尤其是呂偉道長版本的口訣，更是諸多闡述。因此照著口訣來判斷，雖然不是什麼風水大師，但是基本方位什麼的，曉潔大致上還是可以掌握。

看完一樓的情況之後，曉潔帶著兩人準備上二樓。

走到一半的時候，亞嵐突然覺得有點奇怪，剛剛米古魯兔他們的確也有意思想要尋找屍源，但是在三人找完了一樓，也沒看他們兩個進來。

「既然屍源很有可能會在屋子裡面，」亞嵐提出自己的疑惑：「那為什麼鍾家續沒有跟進來呢？」

「因為他懷疑，」曉潔說：「會變成這樣是人為的，所以他想要做點測試。」

「人為的？」

「嗯，」曉潔輕聲地說：「他懷疑魏爺爺可能是養小鬼養到最後，反而被小鬼所害。」

之所以要輕聲說，畢竟這可能有點汙衊別人的爺爺，相信鍾家續也沒有對魏育瑄明說，所以曉潔才會小聲地告訴亞嵐。

亞嵐聽了瞪大雙眼問：「真的有這個可能嗎？」

「嗯，」曉潔點點頭說：「被屍靈反噬的情況下，絕大多數也都會變成屍靈。所以他的懷疑也不能算全錯啦，不過我感覺不是。」

「喔。」

「而且就算是，」曉潔笑著說：「我們也很有可能在這間房子裡面找到養小鬼的痕跡。」

其實剛剛在那邊測試是喪還是屍的時候，曉潔就已經留意過一些細節了，陳伯曾經跟曉潔說過，養屍有三種方法，風水、術、陣。不過不管哪種方法都會有些蛛絲馬跡，而這些蛛絲馬跡，多半都會顯現在大體上，因此剛剛曉潔看的結果，都沒有看到這些蛛絲馬跡，所以才會覺得不是。

當然這些都是陳伯長年累月的經驗，不是曉潔自己累積的，顯然在這個地方，曉潔就比鍾家續有了一點優勢。

曉潔帶著兩人，一一簡單看過二樓的房間之後，繼續朝三樓而去。

「關於屍，」曉潔一邊跟亞嵐說：「其實口訣的第一句話，就點明了一切，不得好死遂成屍。」

這時候由於鍾家續不在附近，因此曉潔比較放心說出部分的口訣。

「不得好死遂成屍……」亞嵐重複唸著曉潔剛剛說的話，若有所思地點了點頭：「所以罵人不得好死的意思，就是詛咒對方死後變成屍靈囉？」

「如果罵人的是鍾馗派的人，」曉潔笑著說：「應該就是這個意思吧，如果不是鍾馗派，應該只是罵人的話而已。」

亞嵐先是點了點頭，接著一愣：「鍾馗派的變成詛咒別人變屍靈沒有比罵人好啊。」

「哈，也是。」

來到了三樓，也就是這間透天厝的最上一層樓，再上去就是屋頂的部分。

聽魏育瑄說，以前爺爺奶奶是住在三樓，不過後來奶奶去世，加上爺爺年事已高，又是獨居的狀況，所以在子孫們的勸說之下，才會搬到二樓。

因此平常沒有什麼事情的情況，基本上是不會上三樓的。至少這是魏育瑄告訴曉潔等人的。

順著樓梯才剛爬上三樓，曉潔立刻感覺到不對勁的地方。

確實三樓的狀況，跟魏育瑄所說的情況一樣，到處都可以看到灰塵堆積的痕跡，這也不免讓曉潔覺得有點驚訝，因為魏育瑄的說法，是幾年前魏育瑄的奶奶去世之後，爺爺搬到樓下，三樓才沒有什麼人上來，但是短短幾年就可以累積這樣的灰塵，確實也讓曉潔感覺到有點驚訝。

地板跟牆上的燈罩上都可以看到灰濛濛的一層灰塵，這點是在一樓跟二樓都沒見到的情況，不過這些都不是讓曉潔覺得不對勁的地方。

在地板上之所以會讓曉潔一眼看出布滿灰塵的原因，就是因為對比的關係，在地板上雖然同樣都布滿灰塵，不過有一條從樓梯口延伸到其中一個房間的路徑，卻是相對乾淨、彷彿無塵，就好像一條鋪在這條灰塵之中的道路一樣。就是因為乾淨與灰塵之間的對比，才會讓曉潔立刻察覺到那一層灰。

而這也正是曉潔感覺到不對勁的地方。

這種情況曉潔只想到一個可能性，就是至少魏育瑄的爺爺，在生前很常上到三樓來，然後前往這條通道所去的房間。

稍微看了一下四周，曉潔也立刻覺得不妙，因為從方位看起來，那個房間所在的地方是背光區，換句話說，也就是三樓最陰的地方。

察覺到這點，曉潔對身後的兩人比了比手勢，要他們小心一點，然後緩緩地朝那間房子前進。

來到了房門口，曉潔探頭朝房間裡面看了一眼，雙眼還沒看到任何東西，鼻頭就已經先聞到一股不尋常的味道。

曉潔聞到這股味道，立刻縮頭。

「靈騷動。」曉潔輕聲地對一旁的兩人說。

曉潔手上的羅盤中央，有個小小的八卦鏡，算是很多功能的羅盤。

只要用這個八卦鏡，應該就可以讓任何妖魔鬼怪現形，不過曉潔目前還不打算動手，只想要探個究竟，所以曉潔看了一下四周，看準了光線射進屋內的角度之後，小心地用手擋住光線。

畢竟如果光線照上八卦鏡，反射出的光線對鬼魂來說，會有殺傷力，到時候一定會驚動到房間裡面的鬼魂，因此曉潔擋好八卦鏡，確定沒有光線直射在八卦鏡上之後，才將八卦鏡移到門外，探視房間裡面的動靜。

這個房間是神明廳，在底部有個神壇，看來應該是祭拜祖先或者是他們奶奶的地方。

曉潔轉動一下八卦鏡，掃視了一下房間，在房間與神壇相對的角落，果然看到了一個詭異的身影。

曉潔用下巴努了努八卦鏡，示意要亞嵐跟詹祐儒看一下，兩人調整了一下視線，也陸續看到了那個縮在角落的身影。

等兩人看完之後，曉潔點了點頭，示意三人退下。

三人退回樓梯邊，回到了二樓。

「果然，」曉潔說：「我們看到的那個，應該就是這一次所謂的『屍源』了。」

曉潔帶著兩人回到一樓，然後走出房子，朝路邊棚架的靈堂走去。

既然屍源已經確定應該就是三樓那裡，那麼鍾家續他們這邊肯定一無所獲。

果然三人一進來，就看到鍾家續對米古魯兔搖搖頭，米古魯兔臉上立刻浮現不悅的神情，嘖的一聲表達了內心的不滿。

答案很明顯，經過鍾家續的測驗之後，並不是跟俗稱養小鬼的事件有關。

曉潔找到了魏育瑄，向她詢問了一下，關於魏育瑄奶奶去世之後，爺爺的精神狀況。

「聽我爸說，」魏育瑄皺著眉頭說：「奶奶死了之後，爺爺就好像少了什麼，整個人……該怎麼說，變得有點空洞的感覺，就做什麼都提不起勁。」

之所以會這麼問，就是因為剛剛三人在三樓看到的那個人影，看起來就像是一個上了年紀的女性。當下曉潔就懷疑是魏育瑄多年前去世的奶奶。

在跟魏育瑄詢問了其他一些細節之後，曉潔非常確定，那個三樓的身影，就是魏育瑄的奶奶。

那麼這起案件，情況也跟著變得很明朗了。

「人死後成魂，」曉潔對亞嵐解釋：「被困在一個地方，我們稱之為縛。簡單來說，就是被綁住了。而綁住一個魂魄的情況，大致上來說，有幾個不一樣的狀況，其中一個，就是被感情所困，無法安心離世。這種情況常常會讓靈魂被綁在人的身上，成為背後靈，或者被困在舊居，成為地縛靈。」

「所以曉潔妳的意思是說，」亞嵐問：「就是因為魏爺爺放不下魏奶奶，才會讓魏奶奶的靈魂一直待在三樓，沒有辦法離開。」

「嗯，」曉潔點了點頭：「這就是我們口訣中所說的『生者不放、亡者不忘』，活著的人比較難放手，而往生者往往難以忘記那些仇恨。魏奶奶的情況就是因為魏爺爺放不下，就好像我們在做法事或者頭七的時候，都會讓親人呼喚往生者的名字一樣，透過這樣的呼喚，可以招換到往生者的魂魄。」

「所以，」亞嵐會意過來：「就是因為魏爺爺常常在三樓想起魏奶奶，甚至呼喚魏奶奶，才會讓魏奶奶的靈魂在那裡久久不散？」

「嗯，」曉潔點了點頭：「而長時間接近這些靈體的結果，除了對身體造成不良的影響之外，還讓魏爺爺最後往生的時候，沒有辦法死全，變成有些魂魄還殘留在體內，成為了我們口中的屍。」

「那現在該怎麼辦呢？」亞嵐問。

「首先當然是先解除屍源，」曉潔說：「在這個場合，就是讓魏奶奶的靈魂，從束縛中解脫出來，然後才有辦法讓魏爺爺的魂魄離開肉體，至於在那之後……再說。」

說到這裡，曉潔不禁想到，或許這最後的步驟，才會是這次事件最大的難題也說不定。

2

既然屍源已經被曉潔找到了，當然米古魯兔跟鍾家續也沒有意見了。

本來一開始就只是見縫插針的感覺，看著曉潔他們想要找屍源，鍾家續這邊才會提出另外一個可能性，只是最後被曉潔找到了，當然鍾家續這邊也只能先收手。

要對付縛靈，當然對曉潔來說，沒有太大的問題，畢竟不管曉潔願不願意，先前已經有不少對付縛靈的經驗了。

而且這一次，縛靈的狀況幾乎已經很確定，沒有什麼意外，當然也不太會有什麼問題才對。

在一百零八種靈體之中，縛靈可是說是最下階的靈體，相對其他靈體來說，也是最常見的一種靈體。

由於數量龐大，形成的原因也千奇百怪，相對的處理方法也有很多種，因此鍾馗派才會流傳著一種說法——光是看一個師父收拾縛靈，就可以知道他的功力到哪裡。

正因為這樣，所以曉潔備感壓力，尤其是一旁有鍾家續在旁觀的狀況。

不過現在也絕對不是退縮或者是保留實力的時候，如果沒有辦法在這邊稍微展現一下自己的實力，很可能不只是讓鍾馗派蒙羞，更有可能導致鬼王派真的對自己下手也說不定。

魏奶奶雖然是導致魏爺爺死後成為屍的關鍵，不過魏奶奶並不是會害人的惡靈，如果在其他一般的情況之下，現在魏爺爺去世了，失去了這樣的羈絆與不捨，假以時日魏奶奶很有可能也會跟著消失，不需要特別處理。

問題就在於現在魏爺爺成為了屍，如果不妥善處理的話，很可能產生屍變，變成喪，這就不是眾人所樂見的。

因此，還是需要先想辦法處理好魏奶奶的事情才行。

由於這一次的處理，需要一個幫手會比較方便，因此曉潔請亞嵐跟自己一起進入神明廳，其他人則聚集在門外看著。

「是不是只要放不下，就會讓親人的魂魄得不到安息，成為縛靈呢？」

在準備的期間，亞嵐這麼問曉潔。

「不一定，」曉潔搖搖頭說：「這一次我想是因為這間神明廳缺少陽光，在格局上又是極陰的場所，日積月累才會演變成現在這個狀況，不過……生者放不下，確實也比較難讓亡者安息，這倒也是真的。」

聽到曉潔這麼說，亞嵐的臉上浮現出一抹哀傷。

曉潔知道，亞嵐的雙親走得比較早，或許是因為投射到自身身上，才會讓她感覺到有點哀傷吧。

曉潔想要安慰亞嵐，不過現在不是個很好的時機。

外面的天色已經暗了，如果再拖下去，可能隨時都會有變數。

不管是任何縛靈，解決的要點都只有兩個，第一個是牽魂，另外一個是破縛。

這兩個要點當然細節方面有些不同的地方，不過整體來說，都是這兩個步驟。

阿吉曾經說過，就是因為這個緣故，所以有些鍾馗派的師父，遇到了縛靈，會把機會讓給自己已經快要出道的弟子，當作一種隨堂小考一樣的測驗。

現在曉潔也算是正式要接受這個小考，雖然前面也曾經對付過，不過這一次有鍾家續在身邊，感覺就像是真的有監考老師在場一樣。

符與鹽還有銅錢劍，本身確實都有包含在那個百寶袋之中，符與鹽是在暗袋之中，而銅錢劍在左手手腕的上方，袖口之中有個特製的袋子，就是專門收銅錢劍的地方。另外還有一個小鈴鐺，平常是收在道士隨身攜帶的斜揹小袋中。

雖然說這一次，魏奶奶的攻擊性沒有其他縛靈那麼強，所以可以期望處理的時候，不太會有比較驚險的場面，不過在破縛的時候，很可能會遭到抵抗，到時候就要看狀況來處理了。

一切準備就緒之後，曉潔讓亞嵐拿著一盞蠟燭，這是為了牽魂之用，如果魏奶奶等等願意離開，這根蠟燭可以引導著魏奶奶回到神桌的牌位上，取代過去在對抗比較有攻擊性的縛靈，使用的符咒。

在跟亞嵐說明等等要做的步驟之後，曉潔便開始了開壇作法的儀式。

曉潔將手上的小鈴鐺稍微晃了一下，鈴鐺立刻發出清脆的響聲，伴隨著這樣的響聲，一個身影緩緩地從角落浮現出來。

一看到這景象，在門口聚集的那些人，只有鍾家續一個人沒有半點反應，其他人不免都流露出驚訝的表情。

尤其是魏育瑄，會請來這兩組人馬，主要也是因為網路上面的網友們大力推薦，自己本身並沒有看過這些東西，因此對這些也是半信半疑，現在親眼見到了，內心浮現出來的驚訝，當然比起其他人都還要來得誇張。

尤其是當那個身影一轉過來，朝著曉潔神壇這方向過來的時候，魏育瑄一看到那身影的臉孔，更是淚水也跟著飆出來。因為那張臉孔，正是魏育瑄的奶奶。

只見魏育瑄立刻雙手合十，死命地拜，好像生前做了什麼對不起奶奶的事情一樣。

神壇前面的曉潔，等到魏奶奶來到了壇前之後，拿出了手上的銅錢劍，繞到了魏奶奶的身後，舉起了銅錢劍之後，朝亞嵐看了一眼。

接下來曉潔會用銅錢劍，斬斷象徵束縛在原地的枷鎖，接著亞嵐便可以將蠟燭舉到魏奶奶的面前，如果這時候魏奶奶願意跟著亞嵐，那麼亞嵐就會將魏奶奶領到神桌的牌位前，一切就算順利解決了。

曉潔與亞嵐用眼神互相交流，確定彼此都準備好了之後，曉潔在口中唸道：「銅錢一劍斷束縛，燭光一盞導正途。」

唸完之後曉潔向下一揮，朝著魏奶奶身後的空間一斬，彷彿在那邊真的有條看不見的鎖鏈一般。

這一斬看起來只是曉潔個人的動作，但是銅錢劍一揮下去，就連魏奶奶也有了反應。

只見魏奶奶頭一仰，彷彿真的從看不見的枷鎖之中解脫出來。

亞嵐見了立刻朝著魏奶奶的方向，將手上的燭火靠到魏奶奶的面前。

不過不要說亞嵐了，就連曉潔也不曾實際上做過這樣的事情，因此也不知道魏奶奶到底跟著燭光了沒，因此亞嵐看了曉潔一眼。

就在曉潔也還沒搞清楚到底魏奶奶有沒有跟著燭光，這時魏奶奶突然有了動作，只見魏奶奶突然退後一步的距離，讓原本站在魏奶奶後面的曉潔嚇了一跳，趕緊向旁邊讓開，以免跟魏奶奶撞在一起。

只見魏奶奶退了一步之後，一臉哀怨嘴巴唸唸有詞，看起來就好像在抱怨什麼一樣。

當然，魏奶奶的顯形，是因為曉潔開壇的結果，但是聲音方面，卻沒有開通，因此根本也沒辦法聽到魏奶奶到底在說些什麼，除非魏奶奶發威現聲，或者是曉潔另外用法器幫自己與其他人開通。

雖然沒聽到魏奶奶說些什麼，不過這絕對不是曉潔樂見的景象，正常來說，魏奶奶如果願意的話，應該就是跟著亞嵐的引導，回到神桌之後，在牌位裡面待著，等待著師父過來辦場完整的超渡法會之後，就可以回歸正常的輪迴之路了。

可是現在魏奶奶這個樣子，很顯然就是不願意離開的模樣，因此可能需要稍微威逼一下了。

唉……

曉潔內心深深地嘆了一口氣。

如果可以的話，這是曉潔最不願意見到的狀況。

因為一旦要威逼，就是要看法師功力的時候了。

就像俗話說的，跳鍾馗看把戲，威嚇就得看實力。

如果厲害的、道行夠高的道士，可能跺一下腳，就可以有足夠的威嚇力，讓鬼魂乖乖就範，相反的情況可能就算跳七星步也沒能動搖鬼魂半分。

一想到可能需要威逼，曉潔不自覺地朝門口望過去，果然看到了鍾家續跟剛剛也有所改變。

比起剛剛的任何情況，現在的鍾家續更是瞪大雙眼，臉上微微帶著點笑意，張著一雙眼睛看著曉潔。

是的，這就是見真章的時候了，這點鍾家續也很清楚，畢竟這個方法鍾家續也很清楚，而曉潔就是那個自認底牌不是很好看的人，所以非常不願意面對到現在這個狀況。

不過眼前這狀況，不會因為曉潔的心虛而有所改變。

魏奶奶先是緩緩地搖著頭，然後突然開始加速，最後嘴巴一張大聲叫道：「哇不甘願啦！」

叫聲一出魏奶奶也立刻朝曉潔撲過來，雖然曉潔也一樣不甘願，不過還是做好了準備，眼見魏奶奶過來曉潔腳一踢，立刻猛力地朝地板一踏，嘴巴也跟著大聲斥道：「放肆！」

原本這一下，只求阻擋魏奶奶的攻擊，但是曉潔完全沒想到這一踏竟然整個把魏奶奶震開，整個彈退到她平常待著的牆角。

看到這景象不要說鍾家續了，就連曉潔自己也傻眼了。

自己的威力真的那麼大？

當然，曉潔不知道的是，過去的自己絕對不會有現在的威力，但是在這段時間之中，曉潔其實在不知不覺之中，已經有所謂的法力了。

透過那些每天的課程練習，透過那些修行，這些都是道士累積自己道行的方法。

而另外一個經驗，更是讓這些修行槓上開花，就是她曾經請過鍾靈上身，用比較通俗、簡略的說法，就是為曉潔的肉體開光。

因此現在的曉潔早就不是那個高二女生，不管她願不願意，一個鍾馗派道士的資格，早就在她的身上孕育而生。

這一震讓魏奶奶整個人幾乎都縮成一團，雖然曉潔心中也覺得訝異，不過這可絕對不是自我讚嘆的時刻，曉潔沉下了臉，用命令的口吻對魏奶奶說：「過去。」

魏奶奶在曉潔的威逼之下，不敢再造次，低著頭怯懦地朝著亞嵐而去。

當然這一次，亞嵐順利地用燭火引導著魏奶奶來到了牌位前，魏奶奶低著頭緩緩地消失在神桌之前。

「結、結束了嗎？」

看到魏奶奶的靈魂消失，亞嵐問曉潔。

曉潔點了點頭，雖然面無表情，但是內心卻有點激動。

到頭來，自己似乎終於也算是保住了鍾馗派的一點顏面，沒有在鍾家續面前丟臉。

眼神看向鍾家續那邊，此刻的鍾家續臉上的表情有點複雜，兩人四目相對，似乎眼神中都透漏著一股不願意示弱的神情。

這或許就是兩派之間，永遠不會改變的命運。

3

屍源已解，其他的就相對簡單多了。

曉潔跟亞嵐同樣在用一盞燭光，準備將魏爺爺也一起送回牌位之中。

由於殘留的魂魄並不完全，魏爺爺這邊比起魏奶奶那邊更加安全，完全沒有任何意外，光靠亞嵐在前面指引，曉潔在後面壓陣，三兩下功夫就搞定了。

如此一來這起案件也算是告一段落。

「事情這樣應該算是解決了，」曉潔對魏育瑄說：「不過為了保險起見，建議你們還是可以提前火化大體，比較安全一點。」

「為什麼？」一旁的亞嵐問：「不是已經解決了嗎？難道說還會有什麼變化嗎？」

「因為終究是曾經有魂魄困在裡面的大體，」曉潔皺著眉頭說：「對其他孤魂野鬼來說，相對比較容易進入，因此只怕這段時間，有其他鬼魂如果趁隙進入大體之中，就沒有那麼好解決了，所以我的建議是立刻火化。」

「這……」

聽到曉潔這麼說，魏育瑄臉上立刻浮現出為難的表情，倒不是說不相信曉潔所說的，畢竟剛剛也算是親身經歷了那些事情，現在自然對曉潔沒有半點懷疑。

不過再怎麼說魏育瑄都是一個小小的晚輩，類似這種事情絕對不是魏育瑄一個人說了算。

就在魏育瑄不知道該怎麼辦的時候，靈堂外突然傳來一個聲音，打斷了兩人的交談。

「妳在說什麼鬼話啊？」

眾人一起回頭，只看到一群人正從靈堂外面走了進來，其中有一部分的人身上還穿著道袍，而這句質問的話，正是從其中一個身穿道袍的人口中所說出來的。

原來這些人正是魏育瑄的雙親，今天下到了台中特別去請回來的道士們。

當然這也是因為魏爺爺的事情接二連三嚇跑了前來處理的道士，導致附近沒有人敢接，因此大人們沒辦法只好去遠一點的地方請人回來處理。

誰知道剛請回來，就聽到了曉潔說要立刻火化，因此其中一個道士才會質疑。

「這是……」魏爸爸問魏育瑄。

「這是我……同學。」

可能說網路上認識的，不是很好聽，所以魏育瑄才會這麼說。

「同學，」剛剛開口的道士一臉不悅：「這種事情，不要隨便亂說話，尊重一下專業，好嗎？」

一旁的米古魯兔，似乎不希望自己的男神也捲進這樣的風波，因此用手擋住了鍾家續，要他稍微退一下，臉上則是浮現出一抹幸災樂禍的微笑。

畢竟到頭來，這還是曉潔等人的案件，所以首當其衝自然也得他們去面對。

「不好意思，」曉潔對那位道士說：「我只是建議，沒有強迫的意思，既然你們是專業的，相信你們也應該會做出一樣的判斷才對。」

「不懂就不要開口，」道士一臉不屑地說：「隨隨便便就想要破壞傳統，怎麼？你們家是開禮儀公司的啊？」

這群道士大約將近十人，開口質疑曉潔的，年紀大概比曉潔等人大不到幾歲，但是那囂張跋扈的樣子，讓曉潔也不免皺起眉頭來。

「什麼禮儀公司？」看到學妹被人質疑，一旁的詹祐儒忍不住開口：「人家可是廟公的女兒，這種事情當然很懂，你們說不定還沒有她專業咧。」

那道士聽了張著嘴，一臉就像個無賴一樣說：「哪座廟？說來聽聽啊。」

雖然詹祐儒的說法，有點謬誤，自己只是繼承一座廟，不是什麼廟公的女兒，不過現在似乎也不是澄清的時候。

「我們家的廟宇是……」本來曉潔差點脫口說出么洞八廟，不過旋即想到這是暱稱，真正的名稱雖然只聽過一次，不過曉潔倒是記得很清楚，畢竟她的記憶力不是蓋的。

「……驅魔真君殿。」曉潔淡淡地說。

那道士聽了，鼻頭哼了一聲，張開嘴正準備要說：「沒聽過！」的時候，身後一個巴掌朝著他的後腦袋重重地打了下來。

「啪！」的一聲響亮，讓在場的人都縮起了肩膀，幫那位道士喊痛。

那道士一回頭，看到了打自己頭的人，搔了搔頭不敢多說什麼，朝旁邊一讓。

打他的人看起來年紀很大，可能跟躺在棺材裡的魏爺爺差不多年紀。

「……么洞八廟，」那老道士向前踏了一步，對曉潔說：「真是對不起，我的徒弟比較不懂事，不好意思。不知道呂老道長，身體還好嗎？」

想不到對方竟然知道么洞八廟的暱稱，還說得出呂老道長，讓曉潔也覺得意外，愣了一會之後才回：「呂偉道長已經過世好幾年了。」

「唉，」老道長聽了搖搖頭說：「真是可惜了，沒請問小姑娘妳跟呂老道長的關係是……」

「他是我師父的師父，」曉潔回答：「我應該算是他的徒孫。」

「那就好，」老道長點著頭說：「因為妳的……師父，我記得那時候很調皮，我們都很擔心，呂道長的後繼問題……現在看到妳，想必妳師父一定最後還是浪子回頭了。」

老道長說完之後，轉過頭向那個還在搔著頭的道士說：「去幫忙說一下，照著他們的意見去做吧，不會有錯的。」

想不到到頭來這個看起來比解決屍靈還要困難的事情，竟然最後也被曉潔順利解決了。

鍾家續面無表情，用肩膀稍微撞了一旁的米古魯兔一下，擺擺頭說：「走吧。」

當然，事情到了這裡，確實也算是告一段落了，因此兩人也實在沒必要繼續留在這裡。

兩人向魏育瑄打聲招呼之後，便離開了靈堂。

而那群被魏育瑄雙親找來的道士們，也在老道長的帶領之下，跟著魏育瑄的雙親朝屋子走，準備討論接下來火化的事宜。

等到大家都離開之後，亞嵐一臉佩服地拍了拍曉潔的肩膀。

「雖然我知道曉潔妳很厲害，」亞嵐讚嘆地說：「但是這一次妳真的也太帥了，感覺就好像真的是見過大風大浪的大道長一樣。」

「沒有啦，」曉潔靦腆地笑著說：「其實這次會那麼順利，是因為我以前有類似的經驗。」

「經驗？」

「嗯，過去我跟過一位專家，一起處理過類似的狀況，所以這一次才會那麼順利解決。」

當然，曉潔口中的這位專家，就是陳延生，也就是陳伯。

當年的她跟著陳伯，曾經一起去她高中同學陳純菲的母親，養小鬼的地方，當時陳伯帶著她，一起到陳純菲媽媽的租屋處。後來陳伯犧牲自己，勉強保住了曉潔的命，因此在曉潔的心中，一直把陳伯當成救命恩人。

而當時陳伯在破陣的時候，也有一邊跟曉潔解說他每個動作的意義，只是曉潔沒想到，這些東西竟然會在今天這樣的場合有所幫助。

而也就是因為這樣，這一次曉潔也算是順利解決了這次的事件，當然也給三人組的第一次順利出擊，畫下一個完美的句點。

只是曉潔不知道的是，雖然已經離開，但是曉潔說這些話的時候，鍾家續跟米古魯兔也剛好走到靈堂外跟兩人很接近的地方，因此雖然隔著一道鐵皮，但是曉潔的話還是傳入了鍾家續的耳中。

尤其是那句：「我以前有類似的經驗。」更是在鍾家續的心中迴盪，久久不曾散去。

第6章・白衣鍾馗

1

人類之所以跟其他動物有所分別，主要就是因為文化。

人類就是因為擁有其他動物所沒有的文化，讓人類跟其他動物之間的差距越來越大。

而這個文化，是一代接著一代不斷傳承下來的。

就好像牛頓說過的，他之所以可以看得比別人遠，就是因為站在巨人的肩膀上。

而這個巨人，就是先人累積的智慧與傳承。

這一點對曉潔來說，真的是非常貼切。

或許從某個角度來說，這才是曉潔的第一次出擊。

過去，所有的情況，曉潔都是處於被動，不曾像這樣主動出擊。

當然會有這樣的改變，也是因為面對到的情況有所改變。

雖然就目前來說，只是心態的一個轉變，不過一個主動出擊的心態，跟一個被動甚至有點排斥的心情，是完全不同的兩個心境。

這種心境的轉變，讓曉潔在面對這些靈體的時候，真的就像一個道士一樣，沒有做不做的問題，只有怎麼做。沒有逃避，只有想盡辦法解決。

有了這種破釜沉舟的想法，當然不會再有其他雜念，只有專心跟著腦海裡面浮現出來的口訣，跟著彷彿在前面指導著自己的阿吉，一步步將口訣化為行動，將對手收服，如此而已。

就好像——義無反顧那樣。

一直到今天，曉潔才知道光是這四個字，就已經有超過它字面上的意思。

在聽到阿吉這麼說的時候，曉潔一直都覺得阿吉只是耍帥，不曾真正去了解這四個字背後的意思。

以字面上的意思來說，就是在道義的路上，勇往直前，絕不回頭。

簡單來說，就是認為對的事情，便毫不猶豫去做。

然而在過去，曉潔總是把這四個字的重點，擺在「義」這個字，卻不知道，原來「無反顧」才是真正的難處。

今天在經過魏家的事件之後，曉潔有了新的體悟，原來無反顧本身就是一種精神，一種決心，更是一種態度。

過去的曉潔，都是屬於比較被動的狀況，不曾主動像這樣毫不猶豫地去做。

今天就是因為這樣的心態，曉潔完全沒有任何猶豫，腦中所想的，都是該如何處理眼前的情況，尤其在有了陳伯當時的指導，為了不讓鍾馗派以及阿吉、陳伯蒙羞，自己也算是專注於眼前的狀況，不再去想那些口訣是不是可行，不再去想一些有的沒的，讓自己完全專心，事情的解決也變得簡單、順利。

就是這樣的經驗才讓曉潔了解，或許只要「無反顧」，義也會相對地變得容易。

就好像道理人人都會說，但是能夠貫徹所言，才是真正的偉大。

所謂的口訣，大概就是這麼一回事。

光是這四個字，就可以讓曉潔有這麼大的改變，那麼那些密密麻麻的口訣之中，誰知道藏了多少必須去體悟的東西，又藏有多少現在自己連理解都不能了解的東西。

曾經聽阿吉說過，呂偉道長是口訣領悟方面的天才，過去曉潔完全無法體會，主要也是因為沒有概念，她實在不了解，口訣裡面到底藏有多少深奧的東西，就像是一個圍棋的初段生，永遠不了解那些高段名人的深奧一樣。

對於今天的表現，曉潔覺得雖然不滿意，但是還可以接受。如果自己的經驗可以再多一點，或許對口訣的了解也會多一些。

這讓曉潔深深了解到當初阿吉所說的，呂偉道長偉大的地方。這也是曉潔第一次了解到這點。

自己怎麼說也算是呂偉道長所傳承下來的直系，讓曉潔感覺到與有榮焉。也深深覺悟到自己又多了一個不能丟臉的理由了。這是曉潔第一次，有鍾馗派傳人的自覺。

至少今天沒讓這些人蒙羞，這是曉潔最欣慰的地方，而今天的經驗也讓曉潔再次確定，這條修練之路，絕對是現在對自己來說最重要、最正確的選擇。

至於對亞嵐所說的「我以前有類似的經驗」，本來是一種謙遜之詞，畢竟這也是實話，然而曉潔不知道的是，她這句話聽在鍾家續的耳裡卻是個非常沉重的打擊。

2

關上了大門，回到彷彿另外一個世界的家中。

鍾家續無力地仰起了頭，心情卻仍然無法平復。

今天的事情，給他帶來了沉痛的打擊。

雖然說，從旁觀察的結果，如果今天上場的是自己，說不定能比曉潔更輕鬆的解決對手。

可是真正讓鍾家續感覺到無力的地方，還是曉潔的那一句話。

「我以前有類似的經驗。」

這麼輕描淡寫的一句話，就讓鍾家續感覺宛如針在心中刺。

這就是本家與自己的差距。

——「無人繼，不出門；出門便是一般人。」

如果不是這條家規，自己說不定在未滿十歲的時候，就已經出道了，累積到現在的經驗，絕對不會輸給曉潔。

如果不是這條家規，自己肯定不會像現在一樣，看到曉潔那樣的威力，就有著難以言喻的壓迫感。

如果不是這條家規……

當然，鍾家續也知道，這條家規其來有自，一切都是為了躲避鍾馗派的追殺。而導致這個結果的原因，就是因為輸掉了與本家之間的那場大戰。

只是，這樣的結果真的公平嗎？

至少到他這一代，雙方有著非常懸殊的差距。因為缺乏經驗，到頭來只能是個待宰的羔羊。

不，這不只是對自身的哀怨，而是對所有在自己以前的祖先、前輩們抱的不平。

如果不是這樣的家規，如果不是這樣的狀況，或許雙方還有點機會可以一決勝負。

但是現在的狀況真的可以說是一個惡性循環，因為必須東躲西藏，隱瞞身分，導致缺乏了最寶貴的經驗，到頭來就真的不如鍾馗派的那些道士。

然後等到雙方起衝突的時候，先不要論人數，光是經驗方面基本上就已經輸人一半了。

正是因為這樣的原因，才會讓今天的鬼王派衰敗至此，只剩下他們一家人而已。

畢竟只要看穿了這一點，就知道雙方的差距，只會越來越大。

而想要跳脫出這樣的惡性循環，就只有一條路可以走——放棄道士這條路。

只要離開這條道路，就沒有了鍾馗派與鬼王派之間的紛爭，只要放棄了這條路，就沒有那種壓在自己身上強大的壓力。

因此，只要腦袋清楚一點的人，最後都知道可以踏上這條路，算是尋求一個解脫。

不過鍾家續不行，不只他不行，就連他的父親也不行，就因為血緣的關係，這可不是說逃就可以逃得了的。

因此曾經有過那麼一段時間，鍾家續很怨恨，怨恨自己的血脈，怨恨自己的命運，更怨恨導致自己命運的鍾馗派。

當然這樣的怨恨不是第一天了，不過重點是他沒有真正可以怨恨的對象。

怨恨生下自己的父親？還是怨恨那個傷害父親的鍾馗派道士？

是可以，不過不管是父親還是那個人，都不是造成今天這狀況的元凶。

不過今天，鍾家續的內心卻很怨恨曉潔，怨恨她那陽光的笑容，怨恨她那可以在光天化日之下，毫不保留地揮灑自己色彩的權力。

不過除了這樣的怨恨之外，其實鍾家續的心中，還有很多不一樣的情緒。

首先光論實力，雖然鍾家續有著不輸給曉潔的自信，不過看過今天的曉潔之後，鍾家續知道曉潔很有經驗，至少是自己望塵莫及的經驗，因此如果雙方真的起衝突，鍾家續也不敢保證自己絕對是勝利的一方。

除此之外，鍾家續也沒有把握，就算自己贏了，自己真的可以動手殺害曉潔。雖然很清楚彼此之間的恩恩怨怨，但是鍾家續並不想要殺人，更不想要對鍾馗派出手。

或許這想法跟自己長久以來受的教育有點關聯，雖然說鍾齊德的磨練相當嚴苛，對鍾家續的要求也很高，但是鍾齊德也曾經不止一次告誡鍾家續，不管在任何情況之下，都不准對本家出手。

所以鍾家續壓根兒沒有想過自己如果遇上本家的人，真的會動手。

不過如果本家真的對自己出手，自己也絕對不會毫不抵抗就是了。

但是遇到了曉潔之後，鍾家續也發現，其實本家似乎不像是過去那些傳聞那樣見人就打，殘暴不堪。

甚至不知道為什麼，鍾家續覺得曉潔的想法似乎跟自己差不多，都是不打算跟過去一樣，糾結著怨恨而攻擊對方。

因此鍾家續感覺到極度的混亂，不知道現在的自己，到底該用什麼樣的心情來面對那個本家的小姑娘。

不過至少可以確定的是，自己不管怎樣，還是需要快速累積經驗，不管是為了自己還是為了這個家。

3

不管是曉潔還是鍾家續，兩人都有著共同的目標，那就是壯大、鍛鍊自身的能力。在這個目標的驅使之下，兩人的相遇與競爭，似乎成了一種不可避免的結果。

學期逐漸接近尾聲，曉潔這邊一邊顧及課業，一邊跟著亞嵐、詹祐儒到處處理事件。兩人組與三人組也常常在這個時候遇在一起，有時候曉潔解決，有時候鍾家續解決，雙方都一直從旁觀察。彼此競爭，也彼此學習。

或許是知道了雙方有一樣的目標，也或許是時間久了，對雙方都越來越熟悉了。雙方之間可以感覺敵意越來越淺，甚至有時候還會聊上個幾句。

雖然雙方之間的關係，有了明顯的改善，不過不管是鍾家續還是曉潔都不敢大意。

在美俄冷戰時期結束之後才誕生的兩人，此刻或許比任何人都還更了解冷戰時期的心情。

雙方之間所存在的關係，是一種恐怖平衡，一種武力之間的平衡，即便任何一方都沒有使用武力的打算，但是卻完全不敢懈怠增長自己的武力，深怕彼此之間一旦實力之間產生了嚴重的差距，這種平衡就會失衡，和平也終將消失。

因此伴隨這個恐怖平衡所誕生的，就是軍備競賽。為了保護自己，也為了恫嚇他人，因此雙方不斷增強、壯大自己的軍備，一度甚至到了瘋狂的地步。那個時期雙方所準備的核子武器，足以掃蕩所有地球上的居民。
而曉潔跟鍾家續此刻所保持的平衡，就跟冷戰時期所保持的平衡一樣，為了不讓雙方的差距變大，即便到頭來心中並不想要拚個你死我活，也不願意看著雙方的實力差距拉開。
不過也跟當時的冷戰時期一樣，不是所有美國人跟俄國人一見面就一定要打個你死我活一樣。說穿了，就是缺乏溝通與信任，才會產生出這樣的恐怖平衡。
這點曉潔也知道，或許鍾家續也知道，不過不管是信任還是溝通，都需要時間與時機。
因此在這個大學新鮮人的第一個學期，雙方就這樣維持著這種平衡，也算是和平地度過了。
這一天，距離期末只剩下一個多禮拜，曉潔等人比鍾家續還要早到，解決了一起跟地縛妖有關的案件之後，平常看完整個流程之後就會離開的鍾家續與米古魯兔破天荒地留了下來。
兩人低聲交談一陣之後，米古魯兔一臉不甘願地朝三人走過來。
詹祐儒見了，立刻迎了上去，在中間攔住了米古魯兔，不讓她靠近曉潔跟亞嵐。
會這樣當然是因為每次詹祐儒過去想要說什麼，米古魯兔也都會把他當成一個有狂犬病的狗一樣，不想讓他們三人組靠近自己的男神鍾家續。

只是這模樣，就好像正準備離婚的夫妻進行談判一樣，讓亞嵐跟曉潔看得真的是又好氣又好笑。

「下個禮拜如果還有案子的話，就讓給你們吧。」米古魯兔不甘願地說：「我們學校要期末考了。」

「我們也是，」曉潔回答：「所以如果有案子，我們應該也只能 Pass 了。」

「剛好，雙方一起放假。」

米古魯兔說完轉身就離開，似乎半點也不想要停留在敵營。

當然這起案件，也是曉潔與鍾家續等人，在大學新鮮人的學期所處理的最後一個案件。

一個禮拜之後舉行了期末考，同時也意味著第一個學期的結束。

而接下來等待著眾人的，就是寒假與新年年節了。

不過期末考的最後一節，曉潔跟亞嵐才剛走出考場，還沒有出校門，就被詹祐儒攔住。

「我要向妳們兩個宣布一個重大的消息！」詹祐儒一臉得意地說。

「什麼？」亞嵐顯得意興闌珊。

「那就是我決定這個寒假，要留在學校！」詹祐儒說：「就是這個寒假，我們要跟他們兩個一決死戰，徹底分出個高低。」

詹祐儒話還沒說完，兩人完全不想聽，直接從詹祐儒身邊穿過去。

「喂，妳們兩個先別走啊，我話還沒說完啊……」詹祐儒叫著趕上去。

好不容易才熬完期末考，詹祐儒的這一番話，真的不是準備迎向新年與寒假的人想要聽到的話。

今年的年節來得很早，所以才剛放假，就快要新年了。

新年的時間可以稍微喘一口氣吧？

至少曉潔是這麼想的，所以現在的她，完全不想要再去想鍛鍊自己，也不想要去想鬼王派與鍾家續的事情。

現在的曉潔，真的想要好好過個年，補充一下歡樂與闔家團圓的氣氛。

4

雖然詹祐儒今年破例在北部過年，因此多了很多時間，不過詹祐儒不用忙，其他人可沒那麼空閒。

亞嵐雖然父母雙亡，不過每年還是會跟自己的哥哥，一起大掃除，整理環境，然後忙一些過年前會忙的事。

曉潔就更不用說了，尤其是今年剛放寒假沒多久，春節就快到了。

除夕年前，按照慣例么洞八廟都會有一次大掃除，今年的大掃除有一個重點，也是曉潔第一次參加的體驗，就是呂偉道長生命紀念館的保養。

由於么洞八廟不是什麼博物館之類的地方，設備方面也沒有那麼講究，所以在保存這些呂偉道長的法器與紀念物品方面，的確有些不足。尤其是台灣比較潮濕，這些東西如果不定期保養，確實很容易受潮，導致有所損壞。

因此每隔一兩年，何嬤就會趁著過年前的大掃除，將呂偉道長生命紀念館休館，然後開始為期數天的保養。

其實說保養，不過就是把東西都拿出來整理一下，然後看看需不需要調整一下展出的東西，接著把東西收好，並且更換一些防霉的藥品，大概就是這樣。

雖然說現在因為鍾馗派衰敗的緣故，來呂偉道長生命紀念館的人數，已經大不如前，不過何嬤還是絲毫不馬虎，請了幾個人來幫忙。

當然趁這個機會，曉潔也一起順便打掃與整理在呂偉道長後面，收藏阿吉私人用品的房間。

由於曉潔從小父母就常不在身邊，因此早就學會獨立生活，所以跟著何嬤一起處理這些工作，倒也不算費力。

兩人跟著附近鄉里前來幫忙的一些阿姨們一起合作，展開了保養工作。

因為空間有限的關係，所以並不是所有呂偉道長的東西都有展出，聽何嬤說每次都會趁這個機會調整一下展出的內容。

比起呂偉道長的東西來說，曉潔對阿吉的東西比較熟悉，因此曉潔主要負責的是後面的阿吉紀念館的整理工作。

經過了一天的整理之後，曉潔走出後面的房間，發現前面的整理工作也到了一個段落。

所有的櫃子都被打開，呂偉道長的用品被分成兩類，整理好的放一邊，還沒開始保養的東西則放在另外一邊。

曉潔小心翼翼盡量不碰到任何東西地朝門口走，這時，一個東西吸引住曉潔的目光。那是一個差不多半個人高的箱子，就靠著牆壁堆在角落。

「……這個箱子？」曉潔問何嬤。

「喔，是老爺的戲偶。」何嬤回答。

聽到何嬤這麼說，讓曉潔產生了好奇心，想看看傳奇的呂偉道長，到底使用的是怎麼樣的鍾馗戲偶。

「我可以……」曉潔比了比箱子。

「嗯，可以啊。」何嬤點了點頭。

曉潔走到箱子旁邊，半蹲下身子，輕輕地將箱子外面的繩子解開。

這時曉潔突然想到，阿吉似乎有提過，道上的人稱它為——白衣鍾馗。

比起阿吉的本命刀疤鍾馗來說，更具有神秘色彩的一尊鍾馗戲偶。

原因其實很單純，因為呂偉道長在收了阿吉這個徒弟之後，幾乎就沒再拿過本命戲偶，所以見過的人越來越少，到最後也越來越神秘。比起其他的鍾馗派道長來說，呂偉道長的本命鍾馗確實露面的機會極少。

打開箱子，裡面靜靜躺著的就是充滿神秘色彩的鍾馗戲偶。

的確，一看到裡面的戲偶，立刻給曉潔很強烈的衝擊。

臉孔仍舊不變是那張熟悉的鍾馗祖師面孔，但是卻一身白袍，讓人看了有很強烈的落差感。

一般來說，鍾馗祖師給人最常見的印象，就是一身紅袍或黑袍為基色的服飾。

像這種渾身都以白色做底色的衣著，確實很少見，也難怪會讓人覺得有點訝異。

雖然有點像是呂偉道長在曉潔心中的形象，仁慈樸實，但是卻有一種說不出的詭異。

那感覺真的就好像……喪服一樣。

當時也有聽阿吉提過，很多佩服呂偉道長、欽佩呂偉道長的人，說白衣那代表的意義，就是要給鬼魂送終。

現在看起來，似乎好像真的有點這樣的感覺。

白衣鍾馗看起來跟刀疤鍾馗有著完全不一樣的味道，讓曉潔想起在那之後，阿吉也說了一件事情，讓曉潔印象深刻。

那就是跟這個白衣鍾馗戲偶有點相關的，關於呂偉道長的操偶技巧。

道上一直流傳著關於呂偉道長的兩件事情，其中一件，就是呂偉道長有自創的口訣，不肯外傳，當然這個流言，不但是真實的，而且曉潔正是繼承了這份口訣的人。

而另外一個流言，就跟這個白衣鍾馗還有呂偉道長的操偶技巧有關。

由於長年不曾被人目睹過操偶，因此有人流傳呂偉道長其實根本就不會操偶。

當然，有了阿吉這樣的徒弟，一個操偶的天才、壓場的好手，確實呂偉道長可以完全不需要自己用戲偶跳鍾馗，所以在阿吉出道之後，呂偉道長就永遠不需要再自己操作戲偶，導致年輕的一輩完全沒有看過，而產生出這樣的流言，或許還可以理解。

但是問題就在於，早在收阿吉為徒之前，呂偉道長就很厲害，也很有名了。

那時候沒有阿吉，需要跳鍾馗的時候，當然也是自己來，不可能假手他人，肯定也會有人看過。

不過為什麼，就是會有人傳出這樣的傳言呢？

完全不會操作戲偶，這種流言到底是從哪裡來的。

當時的曉潔，當然也有提出這樣的疑惑，不過阿吉卻沒有多做解釋。

所以曉潔當然也不可能知道，這個留言背後，其實隱藏著一段故事。

關起箱子，重新把繩子綁好，曉潔也想起了一件很重要的事情。

不管是阿吉還是呂偉道長，都有一尊跟他們兩人適合的本命鍾馗，但是一直到現在，自己卻沒有本命鍾馗戲偶。

這點，不管自己再如何練習都沒有辦法改變，不是嗎？

連個本命都沒有的鍾馗派，真的可以稱為鍾馗派的傳人嗎？

5

雖然成績還沒有公布，不過應該不會有什麼問題才對。

儘管這一年來，曉潔不管是社團還是外務都很多，不過還是有兼顧到課業，尤其是平常就已經習慣背誦複習東西，並且還有一套嚴格遵守的操課表，因此在考前只要稍微調整一下這份課表，把課業放進來，對曉潔來說一點也不費力。

這恐怕是阿吉擔任她的導師對她影響最正面的地方，當然這也絕對不是阿吉的本意，算是無心插柳之下的結果。

不過亞嵐就沒有那麼好運了，平常不太習慣複習與讀書的她，到了期末考才真的體會到「童年」那首歌所說的，「總是要等到考試以後，才知道該念的書都沒有念。」

一直很擔心自己會有許多科目不及格的她，一臉沮喪地回去了。雖然說詹祐儒的寒假計畫，有提振她一點點，不過她還是表明需要等到成績公布之後，確定自己安全過關，才有心情南征北討。

就這樣，寒假開始了。

今年的過年來得有點早，還沒到二月就已經是農曆年了。

過年時期，曉潔也算是有點忙，除了要回家團圓吃年夜飯之外，么洞八廟也有提供一些類似點光明燈、安太歲等服務，也算是業務繁忙。

成績方面在過年前就已經在網上公布了，亞嵐很開心自己逃過了一劫，沒有任何一科被當，雖然幾乎都低空飛過，曉潔這邊也沒什麼問題，也是全部過關。

亞嵐在得知自己的成績之後，才開始有了放假的心情，可惜的是因為廟裡的事務繁多，曉潔根本沒辦法抽身跟兩人一起去解決案件，亞嵐與詹祐儒也不可能自己去，於是乾脆都來廟裡幫忙，當了幾天的義工。

一直到大年初四，廟裡面的工作才告一段落，而也就是在這一天，詹祐儒宣布，跟農曆的習俗一樣，大年初五，就是他們驅魔快打部隊寒假正式開工的時候。

雖然還想要休息幾天，不過這幾天受到亞嵐跟詹祐儒兩人的幫忙，對曉潔來說也真的很感激，記得去年沒有他們兩個人幫忙，加上又是自己第一次真的參與廟務的新年，所以到了這一天，曉潔幾乎已經累癱了，一連躺在床上兩天才恢復精神。

今年有他們兩個幫忙，確實減輕了不少負擔。所以看到詹祐儒與亞嵐躍躍欲試的模樣，曉潔也實在不方便開口說想要休息幾天。

晚上，曉潔打開被亞嵐戲稱為「驅魔百寶袋」的袋子，檢查一下裡面的東西，看看有沒有什麼需要補齊的地方。

經過了一個學期，曉潔確實多了不少經驗，雖然實力這種東西，不像電動一樣，可以有各項數值供自己檢閱，看看到底成長了多少，不過就連曉潔自己也感覺，自己似乎真的有所成長了。

可是相對的，曉潔也非常清楚，自己還有非常不足的地方。

因為即便過了這一個學期，經驗累積了不少，不論是對口訣的了解，還是操偶的技巧都有很大的進步，可是她卻還是解決不了，那個一開始就讓她感覺到困擾的問題。

C大的宿舍，那群滯留在原地的縛靈……

在開始放寒假前的那一天，曉潔還特別巡視過一次，看起來似乎也越來越不穩了。雖然還沒有任何縛靈掙脫，因為曉潔在那之後，已經加強過那個陣形的束縛力，也在五樓的幾個地方都補上頗有效力的符咒。

不過就連曉潔也知道，現在這種束縛，就彷彿是壓力鍋一樣，雖然暫時阻止了那些縛靈像過去一樣跑出來，不過維持不了太久，一旦壓力太大，那些縛靈衝破了符咒的束縛，將會一發不可收拾，最糟糕的情況就是四十九個縛靈同時一起衝出來，到時候事情可能會變得相當嚴重。

這點曉潔非常清楚，不過卻也一籌莫展。

即便自己真的比當初遇到這件事情的時候還要成長許多，但是仍然解不開這個謎。

就在曉潔想到這裡的時候，突然想起了教官說過的當時情況。

——阿吉進去的時候什麼都沒有，但是出來的時候，卻拿著一個戲偶，一個血染的戲偶。

在聽到教官這麼說的當下，曉潔就算想破頭，都想不出原因，因為就當時曉潔的認知，鬼王派已經消失了，所以根本不了解這個血染的戲偶，到底還會出自誰之手。

但是現在不一樣了，這幾個月下來的遭遇，不但讓曉潔非常確定鬼王派不但還存在，而且還有個跟自己差不多大的傳人。

雖然說就時間來看，當年阿吉拿出這個戲偶的時候，鍾家續恐怕還沒開始上學，不過既然鬼王派還存在，就表示這個戲偶很可能跟鬼王派的人有關，甚至這整起事件都跟鬼王派有關也說不定。

所以如果可以問一下鍾家續的話，說不定真的可以解開這個謎。

就算不能解開，至少也可以多得到一點線索，看看能不能幫助自己早日解決這個難題。

接下來雖然不確定寒假的時候，鍾家續那個二人組會不會像過去一樣，繼續在這條驅魔的路上碰面，不過曉潔已經決定，下次只要有機會，她一定會問一下鍾家續，關於這件事情的看法。

曉潔有種感覺，說不定這起事件，就是自己在這間大學的一種期末考，考驗著自己，能不能夠順利解決。

不過曉潔不知道的是，眼前就有一個給鍾家續與她的期末考，正靜靜地等待著兩個考生的到來。

第7章・讓賢

1

對詹祐儒來說，其實早就已經迫不及待想要開工了。

畢竟寒假的時間多，這些時間不只可以拿來解決事件，更可以拿來寫小說。

在曉潔解決了屍靈的事件之後，詹祐儒在社群網站復活了，寫出了一篇精采的文章，重新拉抬起自己的聲勢。

而接下來的幾個月，阿飄版再度成為了雙雄鼎立的局面，米古魯兔跟詹祐儒各自有自己的死忠粉絲與支持者，雙方推出了一篇又一篇的文章，聲勢真的可以說是旗鼓相當。

因此這個寒假，詹祐儒決定要改變這個狀況，要拉開彼此之間的差距，並且有可能的話，更要一鼓作氣擊倒米古魯兔。

如果可以的話，詹祐儒早在大年初一就想要出發去解決事件了。

偏偏這個驅魔快打部隊的核心人物，有很多事情要忙，因此詹祐儒也只能按捺住自己急躁的心情，一直等到初五才再次出擊。

只是人算不如天算，在這個新春年後的第一個案件，詹祐儒特別挑選了一個在新北市的案件。

雖然不知道二人組的狀況，不過就過去幾個月的經驗，像這種發生在大台北地區的案件，二人組幾乎可以說是毫無機會。

因為兩人就讀的學校在台灣中部，就好像驅魔快打部隊不會跑到南部去一樣，只要是大台北地區跟基隆等地，二人組也因為路程遙遠，自知不可能比三人組快，因此後來幾乎都不會現身。

這一次在新北，以過去的經驗，鍾家續與米古魯兔應該不會出現才對。

誰知道等到三人集合好到現場，兩人組不但早就在那邊，還已經把事件處理完畢了。

「哈，」米古魯兔一臉嘲諷：「你那是什麼表情啊？以為我們寒假會休息？還是以為我們不會出現在新北市啊？」

詹祐儒抿著嘴，一臉悔恨，讓米古魯兔看了更加得意。

「告訴你吧，」米古魯兔說：「先前是因為課業的關係，我們才沒有好好表現出我們的機動力，現在可不一樣了……」

米古魯兔還沒吹噓完，一旁的亞嵐突然轉向鍾家續。

「是因為你住在台北或新北吧？」

鍾家續被亞嵐這麼一問，愣了一會之後點了點頭。

米古魯兔看自己的男神這麼乾脆地拆穿自己可以好好糗一下詹祐儒的機會，一臉沒趣地揮了揮手。

不過這一次，確實已經被兩人搶先了，眾人也只能敗興而歸。

回程上，曉潔問亞嵐為什麼會知道鍾家續家住台北或新北。

「很簡單啊，」亞嵐說：「就好像妳是我們的 VIP 一樣，鍾家續肯定也是他們的中心，所以寒假一定是配合他家的地點，會這麼快出現，肯定不是住在新北就是台北。」

曉潔會意地點了點頭。

確實雖然亞嵐的記憶力不好，不過邏輯推理能力，有時候常常都能出乎曉潔的意料之外。曉潔的觀察力很強，不過有時候就是太過於依賴這樣的能力，導致一些很淺顯的邏輯，可能會忽略掉。

兩人在這方面的互補，常常都讓曉潔感覺很合拍，尤其是亞嵐的為人，也讓曉潔有信心，如果不是記憶力這個環節出了問題，不然曉潔絕對會選她當作繼承人。

等等……

一想到這一點的曉潔，突然有了一個完全不一樣的想法。

雖然不能繼承，雖然不能記住所有的口訣……不代表自己不能教她一些東西啊！

能記多少就記多少，又沒有規定自己只能傳授給一個人，說不定假以時日，在熟能生巧的情況之下，亞嵐也可以記住大半的口訣啊！

再加上亞嵐又常常跟自己這樣闖蕩，沒有個一招半式，確實也很危險，所以如果可以把一部分口訣傳授給亞嵐，或許她也可以幫忙，最起碼也能自保。

至少，比什麼都不知道，就老是這樣一起冒險，要來得多一分保障吧？

想通了這點的曉潔，立刻興奮地轉向亞嵐，不過立刻想到詹祐儒就在旁邊，如果現在提出來，說不定詹祐儒也會跟著吵著要學，對詹祐儒這個人曉潔就沒有半點信心了，尤其是他不計一切代價想要在小說界大展身手，誰敢保證他會不會把口訣寫下來。

因此即便想通了這點，興沖沖的想要跟亞嵐分享，卻只能強忍下來，另外找時間與機會再跟亞嵐提這件事情。

結果看到曉潔興奮轉過來的亞嵐瞪大雙眼，等待曉潔說些什麼，但是曉潔只能搖搖手，弄得亞嵐是一臉狐疑不知道曉潔在搞什麼鬼。

當然兩人的舉動，詹祐儒根本就沒有注意到，因為現在的他，還在為失去一個寶貴的機會哀怨不已。

尤其是這是寒假第一個機會，更是新年過後的第一次出擊，卻是這樣不幸的結果，對詹祐儒來說，還真是一個不好的兆頭，因此讓詹祐儒非常不高興。

不過第二天，一個全新的機會就降臨了。

只是詹祐儒不知道的是，這一次，情況竟然會如此糟糕。

2

雖然前一天的經驗，讓詹祐儒感覺到無比的低落，不過短短一天的時間，他就重新振作了起來。

亞嵐跟曉潔回到家才沒多久，就收到了詹祐儒的簡訊——「明天十一點台北車站西3門見。」

第二天，提前半小時就到集合地點等待的詹祐儒，對明明準時到的亞嵐咆哮。

「搞什麼？讓大家等妳一個！」

亞嵐看了看手錶，明明就還沒到十一點，不悅地回嗆：「不是十一點？我又沒有遲到。」

當然詹祐儒也不打算在這邊跟亞嵐吵。

「走吧，」詹祐儒催促著兩人：「今天我們的目標是在台北地下街。」

「啊？」兩人一臉狐疑。

「有必要那麼趕嗎？」曉潔問：「我連是什麼情況都還不知道。」

「當然有，」詹祐儒說：「時間寶貴，我在路上再跟妳們說。」

詹祐儒帶著兩人，急忙地進到台北火車站之中，雖然已經在出發前就查過地圖了，

詹祐儒很確定台北地下街有跟火車站相連，不過進到火車站裡面，完全對等的格局還是

讓詹祐儒一時有點暈頭轉向，搞不清楚方向。

看著詹祐儒有如無頭蒼蠅般，帶著三人來回走上重複的路，讓亞嵐看不下去。

「跟我來啦。」亞嵐沒好氣地說：「地下街我很熟。」

亞嵐說完帶著曉潔跟詹祐儒下到地下一樓，然後直接坐手扶梯下到台北地下街。

一進入地下街最前面的前廳，就看到滿滿的人潮，即便現在春節假期已經結束，不過這裡還是人滿為患。

「然後呢？」亞嵐問：「要去地下街的哪裡？」

「嗯……」詹祐儒沉吟了一會：「可以跳舞的地方……」

「喔，跟我來。」

看起來亞嵐真的對地下街非常熟悉，所以這麼一聽就立刻知道詹祐儒說的地方在哪裡。

「我們這邊是地下街的頭，一堆年輕人跳舞的地方應該是在地下街最尾端的那邊。」亞嵐邊走邊說：「我幾乎每隔一兩個禮拜就會來這邊，所以這裡我很熟。」

台北地下街佔地很廣，一條隧道般的通道全長也有將近一公里遠，因此從頭走到尾也需要一點時間，因此詹祐儒就在路上跟兩人說明一下這次的狀況。

「這件事情鬧得有點大，」詹祐儒說：「所以我才說時間寶貴，因為那兩個人肯定也會知道這件事情。」

三人一路朝著地下街的末端而去，曉潔注意到現在兩旁都是賣服飾的店鋪，難道說亞嵐每隔一兩個禮拜都會過來，就是為了買衣服嗎？看起來亞嵐不是很注重外表的人，想不到會那麼喜歡買衣服？曉潔在心中這麼想著。

「大約就在過年前，」詹祐儒說：「有一群人因為常常在那邊練舞，所以想說趁年節來的時候，大家在那邊聚集，一起過年。所以他們就趁著地下街打烊的時候，躲在廁所還是哪裡，等到地下街熄燈。」

「我如果沒記錯的話，」亞嵐側著頭說：「這裡就算打烊，也還是可以進出，因為連接了台北火車站跟轉運站的關係，好像還是可以進出吧？」

亞嵐會這麼說，當然是因為過去有幾次在營業時間之後與之前，都有經過地下街，有些地方還是可以自由進出，不過到了深夜的狀況如何，這個亞嵐就不清楚了。

「總之，」詹祐儒說：「那些年輕人在除夕前一天，就聚集在那裡過夜，結果就發生了一些很詭異的事情。原本一切都很正常，大家也玩得很愉快，而需要躲避警衛巡邏之類的事情，也讓他們感覺很刺激。然後在快要天亮的時候，其中有一個人提議大家拍照留念，結果事情就發生了。」

對台北地下街不是很熟悉的曉潔，這時留意到兩旁的店鋪開始有點不一樣，不再是清一色賣衣服的店鋪，開始有了一些變化。

「拍照之後眾人準備離去，」詹祐儒說：「結果一上到路面，其中有人的手機就響了，居然就是其中一個人打來的，接起來那個人告訴大家，有人還在地下街沒有跟上而且好像是迷路了，所以其他人就一起下去接他。」

聽到這裡亞嵐的雙眼就好像發亮了一樣，非常專心地聆聽。

「找到人之後，」詹祐儒接著說：「大家一起上去，結果電話又響了，又有另外一個人沒跟上。到這裡當然大家就開始覺得不對勁了，於是下去接人之後，有人提議要好好點人數，然後上樓的時候，手牽著手一起上去。結果就是……大家都走不上來，一起在這裡迷路了。」

亞嵐一臉狐疑，看了一下四周，不要說亞嵐這樣熟悉地下街的人，就連曉潔覺得一路走來幾乎都是直線，其實這裡不比車站那邊，那麼容易讓人迷路才對。

「因為找不到可以上來的路，」詹祐儒說：「這些人之中有些膽子比較小的，也有些人認為走的路不對的，開始互相責怪，也因此發生了爭執，最後他們一行七、八個人，就真的走散了，而且範圍不只有這個地下街，最後連台北車站跟相連的幾個地下街，都有找到他們的身影。他們在這裡一直被困到工作人員發現，大部分都是暈倒在某個地方。」

「都已經到台北車站了，」亞嵐不解：「應該不至於找不到路回到地面上吧？」

詹祐儒聳了聳肩，拿了一張剪報給了兩人。

剪報的日期是除夕當天，上面有報導了這起事件，標題上面寫著「年輕人深夜賣場

狂歡 送醫藥檢稱：國外行之有年」。

那天暈倒的人，被發現之後送醫，並且接受了警方偵訊，但是因為供詞兜不攏，加上有點胡言亂語，所以最後還被藥檢，至於他們宣稱的國外行之有年是指有些國外的年輕人，會跑去專門販賣家具的賣場，躲在廁所等賣場打烊之後，在那邊過夜的情況。

把剪報還給詹祐儒，亞嵐眉頭依舊深鎖，畢竟亞嵐對地下街的熟悉，可能遠遠超出曉潔與詹祐儒的想像。

「我還是不懂在這裡怎麼會迷路，」亞嵐一臉得意地說：「從前半服飾店一路到了電玩店，然後最後是美食街，只要讓我看到店面，我幾乎都可以立刻告訴你，我們現在的位置。」

很快地兩人也知道亞嵐不是蓋的，是真的對台北地下街瞭若指掌，畢竟據說她的哥哥，就是最大的電動狂。

所以先前曉潔以為亞嵐每隔一兩個禮拜就會來地下街是為了買衣服，是完全錯誤的推論，事實上亞嵐會來幾乎不是幫她哥拿片子，就是跟她哥一起來買東西。

因此等等到電視遊樂器區的時候，亞嵐也已經計畫好要幫哥哥問一下片子的狀況。

而在準備進入電視遊樂器區的時候，三人經過了一家店鋪，門外擺了幾張桌子，是幫人算命的。

其中一個女性，正在等待坐在對面的算命師，說出最後的結果。

算命師的臉上，緩緩地浮現出一抹詭異的笑。

「……死，這就是妳接下來的運勢。」算命師冷笑著說：「妳……很快就會死了，哈哈哈哈哈。」

女人原本聽到算命師這麼說，正要發火，心想就算是算出來的運勢不佳，身為算命師的職業道德也應該稍微美化一下，哪有人這麼直白的。

可是一看到算命師臉上那奇怪的模樣，讓女子嚇了一跳，最後連錢都沒有付，轉身就走了。

那算命師也沒追討，就只是坐在那裡，痴痴地笑著。

當然這一幕三人並沒有注意到，繼續向前走，很快就來到了一家店鋪外。

「等我一下喔。」

沒等兩人回應，亞嵐突然跑進店家之中。

一進去店裡，立刻有店員跟亞嵐打招呼。

「哈囉，嘟嘟，來幫妳哥拿片子啊？」

曉潔抬頭看了一下，軟體X世界。

只見亞嵐在裡面好像真的跟店員們都很熟的模樣，打打招呼，閒聊了一會之後，才拿了一張光碟到櫃檯結帳。

在外面痴痴等待的詹祐儒，真的很想衝進去把亞嵐抓出來，不過眼看裡面店員們不乏身材高大看起來就不是好惹的，加上他們跟亞嵐都很熟的樣子，讓詹祐儒只能在店外恨得牙癢癢，乖乖等到亞嵐出來為止。

好不容易亞嵐一出來，曉潔湊上去看，發現亞嵐手上的片子，是一款剛出不久的遊戲。

「這是惡靈古堡7，」亞嵐一臉開心地說：「我期待超久的，簡單來說就是一款打殭屍的遊戲，不過之前的幾代，變得有點不太像是殭屍了，聽到這一代製作人說要回歸初衷，我就一直很期待。」

看樣子亞嵐是真的跟她哥一樣，非常喜歡電玩，讓曉潔不自禁地苦笑。

「現實生活的殭屍還不夠刺激嗎？」詹祐儒嘲諷地說：「那下次再遇到殭屍就交給妳啦。」

「你懂什麼，」亞嵐白了詹祐儒一眼：「跟動漫一樣，二次元跟三次元是完全不一樣的感受，好嗎？」

詹祐儒搖搖頭，因為他是真的不懂，他只知道如果再這樣拖下去，可能真的會被兩人組搶先一步也說不定，於是催促著兩人趕快上路。

好不容易穿過了電視遊樂器區，來到了後面的美食區，然後穿過了美食區之後，最後終於來到了台北地下街的最盡頭，也就是這一次事件發生的地點。

或許是因為距離地下街開始營業的時間才剛開始不久，也可能是因為發生了那件事情之後，讓平常喜歡在這邊聚集的人有所顧忌，此刻的地下街盡頭廣場空蕩蕩，沒有人在這邊逗留。

就現場的狀況看起來，也看不出任何狂歡之後的痕跡，想必在三人來這邊之前，賣場的清潔人員就已經處理過了，畢竟過年期間地下街還是照常營業。

「這件事情，」詹祐儒對兩人說：「最為詭異的地方，還是在這些人的供詞始終兜不攏。他們幾個當事人，也有在社群網站留言，現身說法。不過每個人的說詞都有些出入，大體上的流程都是一樣的，不過像是第一個被遺忘在這邊的人是誰，還有接電話的人是誰等比較細節的地方，每個人說的都不一樣。」

雖然說實際上可能需要測驗，不過光是聽到這些東西，不免讓曉潔聯想到一種可能性，一種曉潔覺得不太妙的可能性。

當然這些對詹祐儒來說，都不是最重要的，比起到底這個案件是哪種靈體在作怪，詹祐儒更在乎那感覺就像背後靈的二人組，這次是不是真的來不及跟上。

因此一到了盡頭，詹祐儒立刻開始掃視著任何可疑的人物，以及現場的痕跡，有沒有已經處理過的跡象。

畢竟在學期中有一次三人到得太晚，結果曉潔測了半天，也沒測到東西，回到家之後看文章才知道，原來鍾家續他們已經處理過了，害得他們驅魔快打部隊浪費了一整天的時間。

所以詹祐儒不會放過任何可能的痕跡，在掃視了一周之後，確定到處都沒有那兩個人的影蹤之後，才放下心中的那顆重石。

畢竟只要沒有這個問題，雙方之間有著不成文的默契，就是誰先到誰先處理，雖然米古魯兔總是想要見縫插針，不過至少這方面鍾家續還算是守規矩，這點就連詹祐儒都沒有話說。

當然鍾家續這麼做是不是真的有別的意圖，這就不是詹祐儒要考量的問題了。

詹祐儒確定沒有兩人身影之後，才回到曉潔身邊，正準備開口，身後就傳來一個熟悉的聲音。

詹祐儒猛然回頭，果然看到在距離盡頭最近的那個出入口，有兩個熟悉的身影。

米古魯兔一看到詹祐儒，臉色也是驟變，並且發出了響亮的咂舌聲。

「想不到這次又是你們先到，」米古魯兔的不悅全寫在臉上：「呿，我以為這次在車站，我們應該可以很快的，想不到還是晚了一步……」

米古魯兔看了一下曉潔，立刻發現曉潔什麼東西都還沒拿出來，立刻不懷好意地笑著說：「看樣子你們還在調查，不確定對吧？那我們——」

想不到米古魯兔話還沒說完，一旁的鍾家續就顯得有點不耐煩地說：「兔，別這樣，他們先到就先讓他們處理吧。」

這對米古魯兔來說，或許是最糟糕的情況，也是她最不樂見的狀況。

在經過了幾次交流之後，自己的男神似乎對對方有點太仁慈了，在米古魯兔的心中還是希望鍾家續可以發威，然後踢他們這三人個屁滾尿流，讓他們以後不敢再跟自己搶案子。

畢竟這可不單單只是為了小說方面的勝負，更是……別的方面的勝負，她有著比詹祐儒更神聖、更重要的使命。

看著鍾家續帥氣的臉龐，米古魯兔當然非常清楚自己的目的是什麼，可惜的是這傢伙腦袋裡面真的都是讓自己變強，增加自己經驗，完全沒有別的想法，讓米古魯兔難免覺得有點急躁。

照自己的計畫，應該就是這個寒假，雙方的關係可以更進一步才對……

「好吧，」既然鍾家續都這麼說了，米古魯兔挽著鍾家續的手說：「就讓他們吧，反正好不容易來到台北車站這附近，我可有很多東西想要逛……」

結果米古魯兔話還沒說完，鍾家續淡淡地鬆開米古魯兔的手說：「那妳自己去吧，我想看一下他們。」

「我的意思當然是看完他們之後啊……」米古魯兔無奈地說：「這不解風情的傢伙。」

「可以麻煩妳，」鍾家續說：「把這裡發生的事情告訴我嗎？」

「當然可以……」米古魯兔有氣無力地回答。

由於兩人也是幾乎直接就約在車站，所以米古魯兔一路上還沒有機會將這裡發生的事情告訴鍾家續。

曉潔這邊，心中其實已經浮現出一個可能性，不過這個可能性讓曉潔覺得有點糟糕。因為光是聽狀況，就直接讓曉潔想到那種靈體，而這種靈體，在所有十二種類的靈體之中，是最難測試出來的，不，應該說是測驗起來最麻煩的一種。

看出曉潔有點不太對勁的亞嵐，靠到曉潔身邊。

「怎麼啦？」亞嵐問：「是有什麼問題嗎？」

「我有種不好的預感，」曉潔回答：「因為這次的靈體可能不是現在的我可以處理的。」

當然對曉潔來說，想要成長是一回事，但是能不能保證其他人的安全又是另外一回事，安全性永遠都應該優先於一切，因此曉潔這邊有點猶豫了，不知道該不該處理。

「是什麼樣的靈體那麼強？」亞嵐問：「難道說這次的靈體是高階的靈體？」

會這樣問是因為亞嵐想到過去曉潔曾經說過，十二種靈體有分成低、中、高階，三人過去就曾經遇到中階的靈體，也沒看到曉潔如此猶豫，因此才會直接聯想到這次的對象會不會就是所謂高階的靈體。

不過曉潔搖了搖頭說：「基本上，這個靈體被分類在低階的靈體，不過卻……」

曉潔不知道該怎麼解釋比較好，因為這個靈體確實很特殊。

另外一邊，聽著米古魯兔說著這次事件的鍾家續，越聽臉色也越沉，聽到後來甚至沒讓米古魯兔講完，鍾家續就直接朝曉潔這邊走過來。

過去雙方之間有什麼話，幾乎都是由米古魯兔跟詹祐儒接洽，雙方嚴格說起來，還沒有這樣直接接觸，因此突然看到鍾家續走過來，三人也有點嚇了一跳。

「這一次的對象，」鍾家續對曉潔說：「我懷疑是……惑。」

「嗯，」曉潔點了點頭說：「我也這麼想。」

「如果這樣的話，」鍾家續一臉沉重地說：「不好意思，我知道我們之間有些規矩，不過，這一次可不可以讓我來？」

鍾家續說完，深深地一鞠躬，如此低的姿態，是三人從來沒有見過的。

如果在過去，詹祐儒一聽到這樣的話，當然會立刻開口大嚷：「不行！當然不可以！」

不過鍾家續突然低頭，也讓詹祐儒不好意思直接開口，跟亞嵐一起望向曉潔。

當然鍾家續會這樣，曉潔也不是不了解原因，這也正是曉潔猶豫的地方。

很顯然，就是曉潔認為自己還沒有準備好，但是鍾家續卻剛好相反。

當然，在鍾家續還沒有上前之前，曉潔也確實有考慮過，要不要跟鍾家續提議一起解決。

不過現在鍾家續既然提出要求了，他的用意曉潔也很清楚，因此考慮了一會之後，曉潔點了點頭說：「好的，那就交給你了。」

聽到曉潔這麼說，詹祐儒當然沉痛地閉上了雙眼。

不過本來處理的人就是曉潔，她既然都這麼說了，在外人面前詹祐儒也不方便說什麼，要抗議的話，當然也要等到私底下的時候再好好向學妹抗議，至少在這兩人面前，詹祐儒還是要維持三人感情良好的形象。

想不到鍾家續竟然會這樣要求，米古魯兔看到了當然喜出望外，跟著跑了過來，而曉潔這邊則是黯然地退了下去。

三人退到了剛剛米古魯兔的位置。

「惑有什麼特別的嗎？」亞嵐不解地問：「為什麼感覺曉潔妳跟他都那麼慎重的樣子。」

「在我們鍾馗派有一句話，」曉潔說：「初生之犢不遇惑，對於經驗不夠多的道士來說，惑是最危險的靈體，不過相對的，只要能夠解決惑，對我們鍾馗派來說，就是能夠獨當一面的道士證明。」

換言之，惑對曉潔跟鍾家續來說，才是期末考……身為道士的期末考。

3

對於惑，曉潔一點也不陌生，因為過去在高二的時候，自己的同學就是被惑搞到家破人亡。

當初阿吉在傳授惑的口訣時，花的時間幾乎是其他口訣的兩倍，畢竟惑的口訣量，不但複雜，也是最龐大的。

而且比起另外一個也是複雜與龐大著稱的滅來說，惑的變化更是複雜，如果以數學來說，滅就像是九九乘法表，只要背熟在對應的方位、對應的時間，就會出現對應的狀況，變化雖多，但是只要熟記，基本上也可以說是完全沒有任何意外。

但是惑就不一樣了，如果滅是那些數學公式，那麼惑可能就是精心設計之後，會出現在考卷上面的數學考題，而且這些考題對鍾馗派的道士來說，可能真的跟微積分差不多一樣難。

因為惑的花招很多，手段也很多變，如果孫悟空是真實存在的，那麼他肯定是惑魔，擁有七十二變。鍾馗派的「初生之犢不遇惑」，就是這麼來的。

因為詭譎多變，如果不是經驗老到，心平氣和、保持冷靜、口訣融會貫通，很容易就會出錯。

而且不只有新手，對老手來說，也有些危險的地方在於惑擅長偽裝，偽裝成其他靈體的情況之下，很容易讓老江湖誤判，就像當年的阿吉那樣。

當年在對付徐馨奶奶的時候，就是太過於大意，把地惑魔當成了天魅妖，事後阿吉也曾經告訴曉潔，如果不是那個地惑魔的威力比較弱，自己說不定因為那次失誤就往生了。

而且由於時間緊迫的關係，當初徐馨狀況已經很不好了，因此如果不是阿吉有著很強大的經驗當後盾，利用惑魔的隱瞞特性來反推，說不定最後就算對付得了地惑魔，可能也保不住徐馨。

當然這些阿吉並沒有多加吹噓，因此阿吉沒有解釋，當然曉潔也無法了解其中的奧秘。

雖然阿吉總是肆意妄為，不過實際上看過阿吉發威，即便沒有其他人幫曉潔解釋，曉潔心中也早就把阿吉當成這個世界上最強大的道士。

因為這樣的關係，連阿吉都會判斷錯誤的惑，對曉潔來說更是難有信心自己可以處理得來。

不過從現在這個角度看起來，鍾家續卻是信心滿滿。

在得到了曉潔的首肯之後，鍾家續立刻跟米古魯兔開始準備對付惑，曉潔等人則是在旁邊看著。

雖然年節剛過，不過現在仍然是寒假的期間，按理說平常聚集在這裡的學生應該很多，但是可能多少也是聽到了這裡相關傳聞的影響，導致現在已經是中午時分，不過盡頭仍是空空蕩蕩的，沒有半個人影。

當然，這對鍾家續等人來說，是個最好的機會。

畢竟等等要是動起手來，難免會引來一些側目，所以清除了閒雜人等，或許也是件好事。

以口訣來說，現在最重要的就是先搞清楚惑的種類，以鍾馗派的口訣來說，一旦確定了中間最關鍵的靈體，其他就是橫豎九種變化。

然而惑是比較特別的一種靈體，雖然說對付九種不同的變化，方法不盡相同，但是整體來說，惑本身就已經夠難對付了。

如何能夠尋到惑的本體，並且在惑真正發威之前制伏它，或許是一個可以讓整個驅魔難度有著天壤之別的關鍵。

而現在就要看看鍾家續怎麼處理了……

就在曉潔這麼想的同時，鍾家續也準備好了，在一切開始之前，鍾家續突然看向曉潔這邊。

「這算是一點感謝的心意，」鍾家續對曉潔說：「現在我就讓妳看看，我們不同於本家的處理方法。」

說完之後，鍾家續回過身去，開始了他的驅魔儀式。

不過才一開始，不只有曉潔，就連亞嵐跟詹祐儒也立刻發現鍾家續這次處理的方法似乎不太一樣。

只見鍾家續站在廣場中央，而在他的前面站著的是米古魯兔。

過去，米古魯兔總是站在鍾家續的後面，不過這一次，她卻站在鍾家續的前面，看起來就好像實際上要驅魔的人是她一樣。

「準備好了嗎？」

鍾家續問，米古魯兔點了點頭。

鍾家續拿出了一張符，伸在嘴前唸唸有詞一番之後，將符朝米古魯兔的身後一貼，米古魯兔旋即仰起頭，就好像真的被什麼東西上身了一樣。

當然，情況確實像鍾家續所說的一樣，像這種讓收服在符中的靈體上他人身，藉由靈體的力量來找尋鬼魂的方法，絕對不是本家的口訣中應該有的方法，更不是鍾馗派的道士會的東西……

按理來說，曉潔應該非常驚訝才對，然而曉潔確實很驚訝，不過曉潔的驚訝，卻不是因為看到這宛如邪道般的方法，而是這個方法，確實存在於口訣之中，只是不是本家的口訣，而是呂偉道長所傳下來的那一套口訣之中。

原來……這竟然是鬼王派才會使用的方法？

所謂的別道，就是鬼王派？

幾個足以讓曉潔感覺到震驚的疑惑，浮現在曉潔的腦海之中。

就在曉潔還覺得驚訝之際，米古魯兔突然有了動作。

米古魯兔轉過身來，突然朝著地下街的前面走去，早就已經熟悉流程的鍾家續，很巧妙地避開，並且跟在她身後。

不過就在米古魯兔轉過身來的時候，三人看了米古魯兔一眼，同時被米古魯兔的雙眼嚇到。

因為靈體上身的關係，導致米古魯兔的瞳仁變得灰白，看起來就好像雙眼瞎了一樣，不過更恐怖的是，這一對灰白的瞳仁，卻不停地在眼眶裡面，用完全隨機的感覺在打轉。

可能早就知道會有這樣的情況，所以米古魯兔一轉身，鍾家續在讓開的同時，也很順手地幫米古魯兔戴上了太陽眼鏡，遮住她那會讓所有人嚇到的雙眼。

米古魯兔就這樣朝著前方走，後面緊跟著的是鍾家續，而與兩人之間維持著一定距離的則是曉潔等人。

眾人從盡頭開始往前走，首先遇到的是飲食區，就人潮來說，現在雖然剛過完年，不過因為已經開始正式開工，因此人潮並不多。

不過到了電玩區，就開始越來越多人了，走在最前面的米古魯兔，雖然戴著太陽眼鏡，遮住了最為詭異的雙眼，不過光是走路的模樣，以及到處打量的樣子，都顯得有點怪異，因此一路上也招來不少異樣的眼光。

不過這些異樣的眼光都只是看一下，就擦身而過，所以問題也不算太大。由於每走個幾步，米古魯兔就會停下來看一下，掃視一下四周，因此行進的速度不算快，甚至有點慢。

在跟隨著米古魯兔與鍾家續的過程之中，曉潔的腦袋裡面，一直反覆想著剛剛浮現出來的問題。

然後在他們穿過了美食區再度回到電玩區的時候，曉潔突然想起過去阿吉曾經告訴過她的話，那時候阿吉似乎有提到過，呂偉道長是唯一一個他知道，可以不透過入魔這種邪魔歪道的手段，就可以魔悟的人。

看樣子，阿吉並不是瞎說，因為此刻鍾家續正在使用的就是呂偉道長口訣之中有提到過的方法，不過這個方法，曉潔曾經看過的實例，就是在台南五夫人廟裡面的小悅，當時呂偉道長就是讓凶靈上了小悅的身，而所用的就是類似的方法。

「所以，」跟在兩人的後面一段距離，亞嵐輕聲問曉潔：「他用的方法妳真的完全不知道嗎？」

或許是因為曉潔的表情，讓亞嵐覺得曉潔真的不知道鍾家續的手法。

「不，我驚訝的地方就是我知道。」

「所以米古魯兔現在是……」

「鬼上身，」曉潔回答：「簡單來說就是這樣。」

當然口訣裡面沒有那麼簡單，不過要讓亞嵐懂，這是最直接白話的說法。

「鍾家續讓鬼魂上到米古魯兔的身上？」

曉潔點了點頭。

「這樣的意義是……」

「利用靈體的感應力，」曉潔說：「來找尋惑的本體。」

「可以這樣？」

「理論上可以……」曉潔皺著眉頭說：「不過……」

「不過什麼？」

「實際上可不可行，我就不知道了。」

雖然曉潔這麼回答，但是她心中真正的疑惑是——惑真的只有迷惑活人嗎？對其他靈體，就沒有效了嗎？

第8章．死之期末考

1

對曉潔來說，自己完全沒有可以對付惑的信心。

如果這一次不是因為太趕，詹祐儒來不及事先把事件告訴她，她可能在聽到的當下，就會決定不前來了。

畢竟現在是為了要增強自己的經驗與實力，最重要的還是安全，曾經差點讓阿吉喪命的惑，絕對不是可以視為相對安全的靈體。

從某個角度來說，或許曉潔是對的。

因為不管是初生之犢還是識途老馬，對付惑最重要的心態就是冷靜，心如止水。光是這一點，曉潔可能就沒有辦法做到。然而像現在這樣，像是一個旁觀者反而更適合曉潔。

三人一直跟著鍾家續，一路也穿過了電玩區，然而走在最前面的米古魯兔，似乎一點也沒有要停下來的跡象。

曉潔一邊向亞嵐解釋，同時也冷靜地回想口訣裡面關於惑的部分。

讓曉潔一直感覺到疑惑的，就是關於惑好不好對付的分水嶺。

在過去唯一的一次經驗之中，阿吉對付徐馨奶奶那一次，阿吉雖然一開始錯誤，但是到頭來還可以輕鬆解決的原因，有兩個很重要的點。

第一就是那個惑的力量沒有很強大。

不管哪一種惑，受到所處環境的影響都很巨大，然而徐馨奶奶家的那個惑，因為屬地的關係，加上徐馨奶奶家的人口有限，因此威力也相對比較小。當範圍內的人產生的惑越多，惑的力量就越大，這就是惑的基本特性。

另外一個原因就是，那個惑並沒有覺悟到自己被發現了。因為第一次的判斷阿吉居於下風，完全錯估了徐馨奶奶的正身，才會讓那個惑魔覺得勝券在握，根本不需要發威，就可以解決阿吉，簡單來說，就是惑魔大意了。

因此當時在傳授惑的口訣時，阿吉教曉潔的其中一個訣竅，在不驚動惑的情況之下，找到本體，就是對付惑的不二法門。

可是，現在鍾家續所採用的方法，其實跟這個不二法門背道而馳，畢竟先不要說這個方法有沒有效，光是靠著鬼魂彼此之間的感應力，就是一個相對的東西。

如果上米古魯兔的鬼魂，可以感應到惑靈，那麼相對的，惑靈也可以感應到米古魯兔的鬼魂。

換句話說，如果要驚動的話，或許在鍾家續讓自己所控制的鬼魂上了米古魯兔的那一刻開始，就已經驚動到對方了。

如果對方的強度真的跟徐馨奶奶當時的那個惑魔一樣，那麼或許這樣也沒什麼不好，盡早找到對方，也可以盡早解決對方。

但是，問題就在於這個惑真的跟當時兩人所遇到的那個惑魔一樣弱嗎？

雖然還沒有遇到，也沒有任何不適，足以證明這個惑的強弱，不過不知道為什麼，曉潔總有個非常不好的預感。

一時之間也說不上來，到底是什麼地方讓自己覺得不太對勁，不過這種不安的感覺，隨著眾人一直跟著鍾家續而越來越強烈。

於是，曉潔考慮了一會之後，突然停下腳步。

「那個……」曉潔轉向詹祐儒：「學長，接下來可以麻煩你繼續跟著他們嗎？」

「啊？」詹祐儒訝異：「我一個人？」

「嗯，」曉潔說：「麻煩你了。」

「為、為什麼要這樣？」詹祐儒說：「妳們兩個要去哪裡？」

「我現在可能沒辦法解釋那麼多，」曉潔說：「不過如果有發生什麼事情的話，再用手機聯絡，現在就只能麻煩你先跟著他們了，有件事情我需要確定一下。」

詹祐儒雖然很不願意，不過到了這種時候，總是曉潔說得對，自己也不方便說些什麼。至少，聽到了米古魯兔被鬼上身之後，一路上下來詹祐儒就在想，不知道被鬼上身的米古魯兔，在這段時間裡面有沒有印象，如果到了最後，米古魯兔什麼都不記得的話，這一次雖然是鍾家續解決的，不過小說肯定是由自己來寫了。

打了這個如意算盤的詹祐儒，當然鎖定了鍾家續，因此也沒多做什麼抗議，繼續跟下去。

當然，詹祐儒不了解曉潔這麼做的意義，亞嵐也不了解。

因此詹祐儒才剛走遠，亞嵐便立刻問了曉潔。

「為什麼我們不繼續跟著他們呢？」亞嵐問。

「我覺得事情可能沒那麼簡單，」曉潔說：「現在米古魯兔帶著鍾家續去找的，很可能是惑的分身，不是本體。」

「不是本體？」

「嗯，」曉潔說：「因為鍾家續所用的方法，雖然可以找到惑，不過在使用的時候，米古魯兔可以感應惑，惑當然也可以感應到米古魯兔。妳想想看，妳如果是惑，在這樣的一條單行道路上，有一個靈體突然出現，並且持續朝妳這邊而來，妳會怎麼做？」

雖然對惑了解不多，甚至一無所知，但是隨便想也知道，如果真的是這樣的話，惑應該也會做點什麼，不會靜靜地等對方靠過來。

「那我們現在應該怎麼做？」

「不管鍾家續那邊的狀況如何，」曉潔說：「我們只是跟著他似乎意義不大，所以我這邊想要假設，如果鍾家續所跟的那個是錯的，那麼真正的本體到底在那裡……」

雖然決定要試試看用另外一個方法找本體，不過就連曉潔自己都不清楚為什麼自己會產生出那樣不安的情緒。

曉潔知道這絕對不是什麼第六感，而是一種跳躍式的感覺，腦袋裡面似乎有著一些模糊的關聯性，導致這樣的感受，只是因為跳得太快，自己一時之間也轉不過來。

曉潔過去有時候也會遇到這樣的時候，而這種時候如果可以跟亞嵐聊聊，多半都會有點幫助。

「過去，」曉潔拿出羅盤，邊跟亞嵐解釋：「惑多棲息在山林地這些地方，容易讓人迷路。之所以會在這樣的地方，就是因為惑需要靠人的情緒來存活，跟凶、怨這些有點像。而惑的情緒，當然就是猜疑與疑惑，有時候搞不清楚方向，對惑來說也是種壯大的養分。之所以棲息在山林就是因為進入山林的人容易迷路，因此對惑來說，就是攝取養分最好的場所。」

亞嵐點了點頭，與此同時，曉潔手上的羅盤有了一點反應，曉潔用手比了比反方向，兩人朝那個方向過去。

「不知道為什麼，」曉潔繼續說：「我就是有種不好的預感，我覺得這裡的惑，可能真的很強大……雖然這裡很顯然不是什麼山林，不過就是有這種感覺。」

亞嵐聽了先是點了點頭，接著眉頭一皺，那種懷疑案情並不單純的表情頓時浮現。

「等等……」亞嵐說：「照妳這麼說的話，只要迷路的人越多，惑的力量就越強……那台北車站就真的是最佳的地點啊！」

「啊？」曉潔不解：「怎麼說？」

「因為很多外地人都會在台北車站迷路啊！」

聽到亞嵐這麼說，連曉潔也會意過來，確實剛剛在腦海裡面的不安，就是詹祐儒一開始時，在台北車站打轉的模樣。

「所以，」曉潔點著頭說：「因為台北車站本身，本身就常常人來人往，其中又有一堆人在這裡迷路，對惑來說，就好像一間完美又美味的自助餐店，全年無休開在你家隔壁一樣，你的體重肯定直線上升……」

這下曉潔終於知道自己的不安是怎麼來的，就是因為看到詹祐儒當時搞不清楚方向的樣子，才了解到這裡對惑來說，確實是個完美的地點。

而就在這個同時，曉潔手上的羅盤也有了反應，兩人停在一間店鋪前面。

那是一間很顯然才新開幕的藝品店，然而裡面卻沒有任何的店員。

2

曉潔所用的方法，其實鍾家續也會，只是這樣找很容易驚動到惑，因此大部分的情況可能不太會用，不過現在因為鍾家續那樣的方法，本身可能已經驚動到惑了，因此曉潔才會用這樣的方法來找看看。

至少，這方法找到的，會是惑最活躍旺盛的地方，很有機會就是惑最可能棲息的地方。

當然，只要扯到惑，任何事情都不能太十拿九穩，不過現在曉潔能夠做的，大概也只有這些了。

如果曉潔這邊是錯的，那至少鍾家續那邊就很有可能是對的，不管哪一個情況，至少會有一個人找到才對。

當然，現在也只能這樣期望了。

而就在曉潔準備走進去那間新開的藝品店時……

——台北地下街前段。

一個搖搖晃晃的身軀，正朝著服務處而去。

那是曾經與曉潔等人擦身而過，幫人占卜卻說出妳會死的那個算命師。

此刻他的臉上，仍然掛著那個詭異的笑容。

搖搖晃晃的他，走到了服務處的櫃檯。

「哈哈哈哈，我要廣播。」算命師這麼對櫃檯人員說。

櫃檯小姐抬起頭來看著算命師，一看整個人都好像被定住了一樣。

過了一秒之後，櫃檯小姐站起身來，並且開始轉圈圈，所有人都被櫃檯小姐這個模樣嚇了一跳，看著櫃檯小姐一陣子之後，眾人緩緩將目光集中到那個算命師的身上……

地下街的一角，雖然人潮不少，但是整體來說還不算吵雜，商場播放的音樂還可以清楚地聽到。

突然音樂戛然而止，頓了一會之後，一陣提示的音樂響起。

這表示地下街的服務處即將開始廣播。

雖然不至於到讓人側耳傾聽的地步，不過大部分的人還是意識到了這點。

「——哈哈哈哈……」

一陣詭異的笑聲，從喇叭傳了出來。

所有聽到笑聲的人，都立刻仰起頭來看著音箱所在的天花板，然後臉上的表情充滿疑惑，接著幾乎是同一時間，所有人的臉瞬間一沉，整個人就好像愣住了一樣。

當那陣笑聲傳來之際，曉潔與亞嵐正準備進入藝品店。

一聽到廣播的那陣笑聲，曉潔的腦袋立刻傳來劇烈的疼痛，內心也馬上反應過來。

曉潔二話不說，幾乎是反射性地先擺個魁星踢斗，然後抬起來的那隻腳用力朝地上一踏，頭痛的感覺才瞬間消失。

然而一旁的亞嵐可沒這麼機靈，聽到笑聲整個傻住，接著人就雙眼一瞪愣在原地。

曉潔見了，知道亞嵐中惑，立刻拿出符來。

破魅解惑的符咒，本來就是在準備好的物品之一，畢竟除了惑與魅之外，幾乎所有靈體都有可能有這點能力，魅與惑不過就是特別擅長罷了。

如果曉潔現在穿的是那件道袍，只要多練習幾次，可能手一縮一出，就可以拿出來。不過現在因為還是將東西都裝在百寶袋裡，只能稍微找一下，找到符之後，曉潔將符在亞嵐面前比劃了一下之後，將符朝亞嵐額頭一貼，符瞬間收縮成一團。

亞嵐眨了眨眼，然後搖了搖頭。

「剛剛……我……」亞嵐一臉茫然。

「中惑了，」曉潔說：「廣播那陣笑聲的關係。看來這次，鍾家續的那招真的出了點狀況，惑確實感應到了，所以發威了。」

如果詹祐儒還在身邊，聽到曉潔這麼說，肯定會放聲大笑。

不過現在絕對不是可以幸災樂禍的時候，曉潔非常清楚，這代表先前自己的擔憂成真了，這次的惑不但威力強大，而且現在他已經開始發威了。

不要說整個台北地下街，說不定就連台北車站或者是其他兩條地下街，都在惑控制的範圍之中了。

曉潔雖然解了亞嵐身上的惑，不過光是兩人附近，就有超過數十個人，眼看時間緊急，曉潔根本來不及解其他人的惑，四處看了一下，看到了走道旁的廁所。

「快進廁所！」曉潔催促著亞嵐。

兩人一前一後跑到廁所裡面，並且挑了一間空的廁所，躲到裡面去將門反鎖。

曉潔這邊有了反應，鍾家續的反應更快，他不但立刻解開自己的惑，也回過身跑到詹祐儒的身邊，解開了詹祐儒身邊的惑。

至於米古魯兔，原本貼在米古魯兔身後的那張符，瞬間閃燃一下，消失得無影無蹤。

那一陣笑聲滅了米古魯兔身上的靈體，也算是幫米古魯兔擋住了這一下，所以米古魯兔只是雙腿一軟，跪倒在地上一下，很快就又再度站了起來。

「解決了嗎？」剛恢復正常的米古魯兔問。

鍾家續一臉鐵青，因為他非常清楚現在這是什麼狀況，轉過頭來對詹祐儒說：「你立刻找個地方躲起來！快點！」

說完之後，立刻跑回米古魯兔的身邊，抓著米古魯兔的手，帶著米古魯兔一起跑。

完全搞不清楚狀況，還愣頭愣腦的詹祐儒，只看著兩人的背影，穿梭在一個又一個完全沒有動作的人群，最後消失在視線的範圍之中。

到底發生什麼事情了？

詹祐儒完全不知道，只知道剛剛好像聽到一陣笑聲，接著腦海就是一片空白。

當然在詹祐儒不遠處，有一個男子，就站在那裡動也不動。

在那陣瘋狂、放肆的廣播笑聲之後，那個男子就佇立在原地，愣了一會之後回過神來。

胸中浮現出來的是一股濃濃的怨恨……

為什麼？我這些年來拚死賺錢是為了什麼？

老是唸我愛打電動，然後咧？

居然送那男人最新款的 PS4 Pro？

整天在家裡也沒孩子讓妳顧，上班回家就要聽妳喊累，那也就算了。

現在拿老子的錢去貼男人？對方愛打電動，妳就買台最好的給他？

老子還要想用什麼藉口，用什麼方法偷渡一台回家，不要讓妳發現。你娘的，妳這臭婊子，直接就拿老子辛苦賺來的錢，給別的男人買？不只有想法，轉過頭去，男人就好像真的看到了那對姦夫淫婦在自己眼前一樣。比起自己的老婆，男人更恨那個小王，他將心中的怨恨，全部集中在眼前的這個小王身上。

「幹！」男子指著小王叫道：「我今天不打爛你的鳥，我就跟你姓。」

而被男子指著的小王，先是一愣，然後拚命地搖搖頭。

因為這無辜的男子根本就不認識這個男子的老婆，他是詹祐儒，一個剛剛才回過神來，完全不知道發生什麼事情的人。

然而男子二話不說朝詹祐儒衝過去，詹祐儒還真當不知道怎麼回事。

男子瞬間跑到詹祐儒面前，真的揮拳便朝詹祐儒的臉上打過來，詹祐儒嚇一大跳，不過有點準備的他還是躲過了這一拳，打人的男子因為衝刺的力道太大，揮拳也揮得十分用力，導致一揮空整個人就這樣撲倒在地上。

看到男子跌得十分狼狽的模樣，瞬間讓詹祐儒了解到，男子可不是開玩笑的，剛剛那一拳要是真的被打到，可能現在在地上打滾的就是自己了。

而就在這個時候，身後突然又有騷動聲，一回過頭，幾乎一整票的人都朝著自己而來。

每個人嘴上都是一陣叫囂，混雜在一起，根本沒辦法聽清楚，不過光是從這些混雜在一起的聲音只能聽出一種情緒——怒！

詹祐儒見了立刻掉頭就跑，誰知道才轉兩個彎，前面又是一群人愣在原地，然後突然轉過來看到詹祐儒，臉上都是瞬間浮現出一臉怒氣，也開始朝著詹祐儒衝過來。

前後都被人包圍的詹祐儒沒辦法，轉進廁所裡面，立刻將門關起來，並且反鎖起來。

這到底是怎麼回事啊！

詹祐儒欲哭無淚，他不知道為什麼整個地下街的人都想要揍他。

在這種絕望的時刻，詹祐儒第一個想到的當然就是他的學妹葉曉潔。

詹祐儒二話不說，立刻拿出手機，打給了曉潔。

同樣躲在廁所裡面的曉潔，聽到手機鈴聲，將手機接起來，還沒出聲就聽到了話筒那邊傳來一陣怒吼。

「出來！敢做不敢當！當姦夫就要有下體被人打爛的覺悟！」

打電話來的是詹祐儒，但是電話裡面傳來的卻是一個陌生男子的怒號。

「救命啊！曉潔！」在怒號聲過後才勉強聽到詹祐儒哭喪的聲音：「我不知道到底是怎麼回事，為什麼這個男的會突然朝我衝過來，還想要揍我……」

「他現在把你當成了跟他老婆有一腿的情夫……」曉潔光是從剛剛聽到的怒號，大概就猜到原因了。

「不只有他，」詹祐儒哀號：「幾乎整個地下街的人，看到我都要扁我，我就好像過街老鼠那樣，現在躲到廁所裡面。」

「他們應該都把你當成情夫啦或者是殺父仇人之類的仇人，」曉潔說：「總之，惑就是這麼一回事了，你要想辦法躲好，不要被其他人看到或抓到，中惑的人是沒有人性的。」

結果曉潔話才剛說完，電話裡面突然傳來一陣吵雜聲，聽起來就好像重物被摔到地上一樣，接著就是一陣聲響，然後詹祐儒的電話就這樣中斷了。

曉潔雖然嘗試想要再打給詹祐儒，但是電話連接都沒有接通。

這就是剛剛曉潔帶亞嵐躲入廁所裡面來的原因，她知道剛剛那陣廣播，代表的意義只有一個，那就是惑要發威了。

而現在，在整個台北地下街幾乎可以說是淪陷的狀況之下，曉潔知道，現在絕對不是在分什麼誰解決的時候。

自己必須做點什麼，不然今晚的頭條絕對會是台北地下街發生原因不明的暴動導致多人死亡或受傷，而且在傷亡名單裡面，很可能含有自己或者是跟自己一起來的幾個朋友。

就好像口訣中魅與惑的關係一樣，同樣都是操弄人心很厲害的靈體，魅所操縱的多為個體，但是惑多為一個範圍。

過去就曾經有一整個村莊被惑迷惑，最後導致整個村莊滅村的情況。

雖然在廁所裡面沒有看到外面的狀況，不過光是從自己剛剛的經驗、亞嵐身上，還有剛剛詹祐儒的那通電話，曉潔也大概知道是什麼情況。

透過剛剛那個廣播，讓所有聽到的人都中了惑。

而中惑有分成幾個階段，第一個階段就是視而不見、充耳不聞，這裡所謂的視而不見，並不是看不到，而是看到卻沒有辦法像正常時候那樣，了解視線所吸收到的東西，就好像聽到的東西也會產生混亂。

接下來的下一階段，簡單來說就是腦補，融合自己看到的與聽到的東西，把它轉化成完全不一樣的東西，一旦到了這個階段，其實就等於是被惑所控制。

當然，道行越高的人中惑的程度，也會有所輕減，這就是為什麼曉潔跟鍾家續兩人跟其他人一樣一起聽到了那陣笑聲，卻還有點行動力，可以幫自己與他人解惑。

不過其他人可就沒有那麼好運了，在聽到笑聲的同時，都直接中惑並且被控制住。

現在整個地下街，都是充斥著這些被迷惑的人，就算有新下來的人，恐怕不是被追打，就是立刻因為聽到笑聲而被迷惑。

因此一直躲在廁所裡面，什麼也做不了。

「不行，」深知這點的曉潔，對亞嵐說：「我們不能再袖手旁觀了。」

「可是……我們現在連廁所都出不去啊。」亞嵐說。

這點當然曉潔也知道，如果要出去，就一定要有所準備，而且一出去很可能立刻就是修羅般的戰場，應該沒有時間再像過去一樣，讓曉潔慢慢翻百寶袋。什麼情況都有可能發生，所以一定要有萬全的準備。

是時候了。

曉潔自己也很清楚，想要在這個地方生存就需要……

「我需要……」曉潔咬牙切齒，狠狠地吞了一口悶氣說：「換衣服。」

是的，只要穿上黃金道袍，就可以把所有的法器放在道袍之中，隨時應付各種狀況。唯一的差別就是需要恥力大開，咬牙忍受穿上這件自己一點都不想要穿的衣服。

不過，曉潔唯一能安慰自己的地方是，自己曾經穿過更羞恥的兔女郎裝。

曉潔將百寶袋裡面的東西全部放進道袍之中，最後將黃金道袍穿起來。

不得不說，阿吉在尺寸的拿捏方面，非常精準。明明自己沒有給過阿吉三圍等比較精細的尺寸資料，但是阿吉不管是兔女郎裝還是這件道袍，都做得真的跟量身訂做的師傅做出來的一樣精準。

可見他在目測學生們的身材方面，真的下過一番苦功。

雖然想起阿吉還是讓曉潔覺得心酸，不過還是讓曉潔忍不住在心中罵一句：「死色鬼。」

雖然曉潔心有不甘，換上了道袍，但是一旁的亞嵐看到那雙眼睛幾乎都快要變成愛心形狀了。

「好帥！好帥！無敵帥！」

看到曉潔穿起道袍，那帥氣的模樣，看得亞嵐整個都傻了，超級無敵開心。

「妳是在開心什麼勁，」曉潔苦笑：「妳忘記我們現在是什麼狀況了嗎？」

不久前各個學校才剛考完期末考，而對曉潔與鍾家續來說，一個新的期末考，已經正式展開，差別是學校的考不好，最糟糕就是二一退學，這場期末考考不好就是——死。

真的是名符其實的死之期末考。

3

換上了道袍，雖然一時之間很彆扭，不過曉潔還是立刻開始行動。

兩人小心翼翼地走出廁所，曉潔一手拿著銅錢劍，另外一手拿著符，想說如果等等出來遇到人，可以在打退他們的同時，幫他們解惑。

可是從廁所裡面探頭出來，卻沒有看到任何人的身影，彷彿地下街已經打烊了一樣。

在廁所裡面的時候，曉潔就已經想清楚了。

撇除這些被惑控制住的人，惑已經發威的現在，真的就只能硬碰硬了。

要對付這樣的惑，首先就是要破惑，再來就是要找到惑的根，這就是比較苦惱的地方。

惑有可能附著在三個地方，跟其他靈體一樣，附著在一個地方的是地惑；附著在人身上的是人惑；附著在物品上的是天惑。

不管哪一種靈體，其實都不是很平均的分布，像是以逆來說，天逆魔的數量遠遠不如其他兩種。以惑來說，最常見的不是地就是天。

所以就現在的情況看起來，惑的本體最有可能的地點就是跑到服務中心發威的那個人身上，如果是這種情況的話，就是人惑，以及剛剛曉潔測到惑最常待的地點，那個新開的藝品店裡面，就很有可能是天惑。

由於剛剛就是打算跟鍾家續分頭進行，因此現在離開廁所之後，曉潔的首要目標還是那間新開的藝品店。

至於服務中心的部分，就交給鍾家續去解決吧。

現在也只能這樣分頭進行了，畢竟這裡距離前面服務中心就算用跑的，也需要幾分鐘的時間，更不用說路上還有一卡車中了惑的民眾。

曉潔拿著法器走在前面，確定每個轉角都沒有看到人影之後，帶著亞嵐繞到另外一面的藝品店。

藝品店跟剛剛所看到的一樣，空無一人，只有一堆藝品擺在店裡的每個角落。

其實類似這樣的藝品店，剛剛在逛地下街的時候，曉潔就有注意到了，有好幾家藝品店都跟這家賣著差不多的東西。

曉潔跟亞嵐一起走進店裡面，稍微掃視了一下，其中最吸引人目光的，當然就是擺放在店最深處，一塊被剖面的水晶洞，差不多快要比曉潔還要高了。

「不知道詹祐儒會不會有事？」亞嵐難得地擔心起了詹祐儒。

畢竟剛剛電話掛得非常突然，回撥又沒有辦法打通，就連曉潔也有這樣的擔憂。

不過曉潔知道，現在最重要的還是先想辦法破惑，只要能破惑，就可以減少許多不必要的傷害。

曉潔從道袍中拿出一道空白的符，對付惑的符並不算很通用，因此曉潔的百寶袋裡面並沒有已經寫好的符，不過寫符的工具都有帶來，因此只要寫一下就可以了。

就在曉潔準備寫符的時候，身旁的亞嵐突然抓住了她的手。

「怎麼了？」曉潔緊張地問。

亞嵐將手指擺在唇上，要曉潔安靜聽。

曉潔側耳傾聽，果然聽到了一陣奇怪的聲音，「啪、啪、啪、啪」，感覺就好像遠處有人在拍手一樣。

雖然聲音還很細微，不過越聽聲音越大，甚至從原本的啪啪聲，變成了轟隆隆的聲響。

聲音越來越近，當然兩人也越聽越清楚，這陣聲音應該是遠處有一群人正朝這裡跑來的腳步聲。

這聲音之大，讓兩人都嚇得有點傻了。

亞嵐看向曉潔，曉潔一時之間也沒有了主意，雖然手上有法器，不過光是從腳步聲就可以聽得出來，這數量遠超過曉潔所能應付的量。

因此遲疑了一會之後，曉潔用手比了比藝品店的一張小台子，示意要亞嵐躲過去。

兩人立刻朝小台子跑過去，台子的大小剛好可以讓兩人蹲下，完美遮蔽住兩人的身影。

跑到小台子後面，正準備蹲下，一個熟悉的身影突然以非常快的速度，從藝品店門口一掃而過。

雖然只是看了這麼一眼，但是兩人同時都認出了那個人來。

那是詹祐儒。

還沒弄清楚是怎麼回事，亞嵐突然拉著曉潔蹲下來，才剛蹲下來，一大群的人潮宛如洪水般衝過了藝品店的門口。

這就是詹祐儒最厲害的地方，人鬼共通的魅力。

原來那些突然消失不見的人潮，都是在追著詹祐儒跑。

等到人潮過後，曉潔跟亞嵐才從小台子後面探出頭來。

如果剛剛兩人在這邊被那些人潮發現，不要說破惑了，可能連生命都有危險，畢竟在這個小空間裡面，光是動起手來也很難伸展開來。

「呼，好險喔。」亞嵐鬆了一口氣。

「詹祐儒逃得掉嗎？」曉潔不免擔心。

「放心啦，」亞嵐揮了揮手說：「如果他們真的追著詹祐儒跑，只要詹祐儒不要被追上，其實就空間來說，絕對很適合他們去追逐。」

亞嵐對台北地下街的了解是非常扎實的，全長將近一公里，八百五十公尺的台北地下街，確實很適合進行這樣的追逐戰。

詹祐儒雖然不是體育健將，跑步也絕對不是他的強項，不過身體還算健康的他，光是靠著腳長的優勢，就已經比別人快很多了，加上過去在跑步的時候，詹祐儒太過於注重自己的形象，在意著自己跑步的姿勢，頭髮有沒有亂掉這些東西，才會讓自己跑得不夠快。但是在這種逃命的時刻，當然不可能顧及這些東西，因此跑起來確實很快。

那些把詹祐儒視為深仇大恨，一定要將其大卸八塊的仇人們，雖然腎上腺素爆發，卻還是追不上詹祐儒。

八百五十公尺左右的長度，讓雙方一直保持著一段差距。

詹祐儒一路從地下街的頭，狂奔到地下街的尾，如亞嵐所推測的一樣，暫時還沒有危險。

而且由於地下街的構造，除了在兩側的商店之外，在地下街的中間，也有一整排的店鋪，將地下街的通道，隔成了左右兩側，因此就算跑到了底，只要轉兩個彎，又有一條長八百五十公尺的賽道，可以讓詹祐儒奔馳。

這裡確實很適合追逐戰。

如果對手是先前他們所遇到的殭屍，或許這場追逐可以一直維持到詹祐儒體力耗盡為止。

不過現在的對手，是這些中惑的一般人，不管是體能還是體力，都跟一般人沒有什麼兩樣，因此詹祐儒會累，他們也會累。

因此等到詹祐儒跑到了盡頭，緊緊追在他後面的人，可能少了七成。

不過光是三成的人，一人給詹祐儒一拳，還是絕對可以要了他的命。

所以詹祐儒跑到了盡頭，回頭看了一眼之後，立刻繞了半圈，繼續開始他的亡命之路。

只是亞嵐可能沒想到的一件事情，就是惑最恐怖的地方——那就是這些被迷惑的人，即便被操弄，還是能保有個人意識，不是每個人都會傻傻的追。

簡單來說，這些人就只是把詹祐儒當成小白臉、當成情敵、當成殺父仇人，恨不得把他碎屍萬段。

一個體力不支的追逐者，最後停在了一間占卜店的前面；另外一個體力不支的追逐者，原本還想包抄，但是最後停在了一間模型店的外面……

他們兩個的眼光，都被店裡面的東西給吸引住了……

詹祐儒轉個彎，開始從地下街的底部，朝著他一開始出發的地點跑去，雖然雙腳已經開始痠痛，腹部也開始傳來陣痛，不過此刻可能正是關鍵的時刻，讓他半點也不敢放慢腳步。

一連從餐飲區，又跑回電子區，突然在一個轉角的地方，一個黑影從旁竄出，朝著詹祐儒撲了過來。

詹祐儒一直都專注在眼前的道路，根本沒有料到會有人從旁邊殺出來，因此注意到的時候已經來不及了，與其說被對方撲倒，還不如說直接跟對方撞在一起比較合適。

這一撞撞得不輕，詹祐儒跟那人都被撞擊力道撞到彈飛倒在地上。

全身的骨頭都好像被這一撞撞散了，詹祐儒掙扎了一陣子才勉強從地板上撐起來。

還好先前的追逐戰詹祐儒賣命的奔跑讓他跟那些追兵保持了一定以上的距離，不然這一倒可能不堪設想，隨後追到的追兵可能像疊羅漢一樣，把他重重壓在地板上，到時候可能情況會非常難看。

然而即便如此，這段差距不會給詹祐儒太多時間，因此詹祐儒撐起來之後，立刻想要站起來，也就是在這個時候，詹祐儒清楚地看到了那個將自己撲倒的人，是個中年的婦女，不過真正讓詹祐儒訝異的，是那婦女手上拿著的那東西。

正是這婦女手上拿著的東西，確實讓詹祐儒了解到，眼前這些中惑的人，比起前些時候追逐自己的殭屍，還要更加恐怖的地方。

由於這些人還保持著意識，跟人類一樣思考，因此要對付詹祐儒這個大仇人，自然也會像一般人一樣——使用武器。

不過由於不是預謀犯案，因此這些武器，絕對都是在這條地下街找得到的東西。

可是那個人手上的東西，卻遠遠超過詹祐儒的想像。

雖然對地下街的熟悉，絕對不像亞嵐如此熟悉，但是詹祐儒也跟同學、朋友來逛過幾次，在他的印象之中，地下街絕對沒有類似的店鋪有賣對方手上的那樣東西。

由於已經跑出了飲食區一段距離了，對方很明顯是連飲食區都沒跑到，直接在這裡埋伏他的婦女，因此婦女手上的東西，變得非常突兀。

更重要的是，那東西非常危險，甚至到了光是看到就足夠讓詹祐儒覺得腳軟的地步。

婦女手上拿的東西，是一把菜刀。

為什麼地下街會有菜刀！

詹祐儒在心中吶喊，不過這時對方已經站了起來，因此詹祐儒也立刻跳起來，轉身拔腿就跑。

然而才剛跨出幾步，詹祐儒立刻感覺到右腳腳踝的地方傳來強烈的劇痛，看來剛剛的撞擊已經讓詹祐儒的腳踝受傷了。

這下連跑都沒辦法跑了……

詹祐儒才剛意識到這個事實，那個拿菜刀的婦女，已經朝詹祐儒這邊撲過來，因為連躲都不太能躲，詹祐儒只能站在那裡。

還好對方似乎不太習於用刀，或者可以說是不太習慣砍人，距離並沒有算得很準，因此雖然高舉著刀衝了過來，不過還來不及砍下來，詹祐儒眼明手快，一把就緊緊抓住了婦女的手。

「你這賤人……」婦女咬牙切齒對著詹祐儒說：「把我的會錢……還給我！」

「別鬧了！」詹祐儒感覺到手上傳來的力道，真的有種豁出去的感覺：「妳真的想殺了我啊！」

「不只要殺了你……我還要剁了你……把你大卸八塊。」婦女狠狠地說。

看著兩人拉鋸中的那把菜刀不斷朝自己靠近，詹祐儒真是欲哭無淚。

「為什麼地下街會有菜刀啊！」詹祐儒吶喊。

這吶喊聲極為淒涼，甚至遠在幾個區塊遠的曉潔跟亞嵐都聽到了。

「菜刀？」曉潔一臉狐疑地看著亞嵐。

亞嵐想了一下，張大了嘴，「啊！還真的有，前面有一家攤子好像有刀療……」

亞嵐說得沒錯，那個婦女手上的菜刀，正是從刀療攤位中拿出來的。

由於婦女長年疏於運動，所以才追沒幾步，就已經沒體力了，停在一家算命攤子前，朝店鋪裡面一看，就看到了這把菜刀。

體力不如人的她，雖然追不上詹祐儒，不過她可以埋伏，期盼著詹祐儒往回跑的機會。

這正是眼前這個婦女，之所以手上會有菜刀的原因。

雖然詹祐儒不知道，不過這些對他來說，一點也不重要了。

眼看著婦女的菜刀一步步進逼自己，除了她的力道超乎詹祐儒的想像之外，婦女那惡狠狠的模樣，也真的彷彿就是把自己當成那個捲走會錢潛逃的仇人般，詹祐儒知道，如果再不做點什麼，自己真的會被這婦女殺掉。

因此即便反對任何形式的暴力，詹祐儒也知道自己一定要反擊，狗急尚可跳牆，人急怎可束手待斃呢？

眼看婦女全身的力量都集中在手上，因此將重心壓低，考量到自己如果要單腳站立，受傷的右腳可能支撐不住，因此詹祐儒咬緊牙關，舉起受傷的右腳，對準婦人的腳，狠狠地踹了下去。

這一踹讓婦女立刻一個踉蹌，整個人向前一倒，手上的力量也頓時消失，摔倒在地上。

雖然順利掙脫開婦女的攻擊，不過這一踹也讓詹祐儒痛到哇哇大叫，本來就扭到的右腳腳踝，在這一踹之下，更是劇痛難耐，讓詹祐儒也忍不住坐倒在地上，抓著自己的右腳踝猛揉。

雖然這一下確實讓詹祐儒可以暫時喘一口氣，不過時間也是非常短暫的，被踹倒的婦女，立刻抬起頭來，雙眼仍然惡狠狠地瞪著詹祐儒。

就因為這個人，害得自己幾乎家破人亡，連老公都丟了，幾年辛苦工作下來的存款，也都這樣不翼而飛。

沸騰的恨意讓她不顧身體上的疼痛，雙眼瞪著詹祐儒，才剛從地板上撐起來，立刻轉身將手上的菜刀狠狠朝詹祐儒身上招呼。

原本的那一踹，讓兩人的距離拉開了一點，眼看對方跪坐起來，至少也需要跳個一步才有可能拉近到伸手可及的距離，豈料對方竟然在地板直接一個轉身，用甩的將菜刀甩向自己，詹祐儒看到又驚訝又害怕，這時再也不管那麼多原則，立刻揮拳朝婦女的臉上打去。

詹祐儒的拳頭，扎實地打中了婦女，但是卻來不及阻止女子轉身甩出來的菜刀，婦女飛出去的同時，菜刀也狠狠地劈中了詹祐儒的手臂。

「啊——」

一陣不管誰聽了都會覺得悽慘的哀號，從詹祐儒的喉頭中爆發出來。

左手手臂傳來的劇痛，讓詹祐儒感覺到自己這下真的受了重傷，婦女剛剛的這一刀絕對可以讓自己的左手廢了。

如果情況更慘一點的話，說不定還得要整個手臂截肢，看樣子自己真的要殘廢了。哭喪著臉大聲哀號的詹祐儒，又痛又怕地看向自己的左手臂，心裡已經準備看到皮開肉綻、血肉模糊的景象，可是卻完全不是這麼一回事。

原來因為婦女轉身的關係，砍到詹祐儒的部分完全是菜刀的背面，也就是刀背的地方，因此雖然有點疼痛，但是完全不像詹祐儒想的那樣。

雖然逃過了一劫，手臂也完好無缺，但是被人追到上氣不接下氣，還要被人拿刀砍……

不遠處又再度傳來那些人的叫囂聲，詹祐儒知道，那些人又追上來了，可是現在自己的右腳受傷，可能真的沒辦法逃掉。

即便如此，詹祐儒還是趕緊站起身來。

「情況不可能更糟了。」詹祐儒哭喪著臉對自己說。

結果詹祐儒一抬頭看，整個下巴都快要掉了。

一個男人就站在對面，凝視著自己，不過更讓詹祐儒驚訝的，是拿在手上的東西。

這東西跟剛剛的菜刀相比，菜刀簡直就像是兒童的玩具。

「為什麼……」詹祐儒驚訝萬分，他不懂為什麼會遇到這個東西。

因為男人手上拿的，竟然是一把連軍隊可能都不常見到的長步槍。

看著那把長步槍，詹祐儒知道，台北地下街，很可能就是自己長眠之所了。

就在詹祐儒有了這個覺悟的同時，對方扣下了扳機，子彈也從槍口射了出來，準確地射中了詹祐儒，詹祐儒應聲而倒。

第9章・和平之戰

1

有了詹祐儒為兩人爭取出來的空間，曉潔立刻把符寫好。

接下來的問題就是這些東西裡面，哪個最有可能會是惑魔的家。

雖然說，藝品店裡面有很多東西都很適合，一看起來就好像很有歷史，好像很值錢的樣子，不過最讓曉潔懷疑的一個物品，還是那個跟自己一樣高的水晶洞，因為在水晶洞的前面貼著一張卡片，上面寫著「非賣品」。

或許在過去時間許可的情況之下，曉潔可以慢慢測試，不過現在也只能賭一把了，如果再拖下去，詹祐儒的體力最終終究會不支，後果可不堪設想。

曉潔掃視著藝品店，最有可能的就是這些一個又一個漂亮的水晶洞，問題是哪一個？真的是這個跟自己差不多高，被貼上非賣品的水晶洞嗎？

曉潔想起了阿吉曾經告訴過自己，惑常附著於物上，最常見的就是樹木，然而如果惑在樹木上，那棵樹肯定也是棵百年古木。

畢竟棲息下去那就等於惑的家，誰會不想要自己的家又大又舒適呢？

因此最有可能的就是這個最大的水晶洞……

如果現在就讓曉潔猜的話，曉潔肯定會猜這個。

站在那個巨大水晶洞的前面，曉潔還有一個問題沒有解決。

在確定了對手是惑之後，就只有九種可能，曉潔這一次的作為，其實就是跟鍾家續走完全不同的路，如果惑是人惑，那麼鍾家續所追的那個人就是宿主，這個沒什麼問題，如果是天惑，那麼就是曉潔現在所猜測的這個水晶洞。地惑其實在一開始就被曉潔排除了，只有一個原因，如果真的是地惑的話，恐怕台北地下街不會那麼平靜，畢竟這裡已經營運那麼多年了，所以有個地惑蟄伏於此的機率真的不大。

解決了最前面的一個字，最後的問題就是最後面這個字了，這對曉潔來說也是最大的問題，到底是靈、魔還是妖。

以目前來說，光是用廣播這個點，實在很難判斷。

到頭來只能猜猜看了嗎？

如果現在給曉潔猜，她會猜靈，不過完全沒有半點根據。

不管是靈還是魔甚至是妖，剛剛在寫符的時候，曉潔都寫好了。

現在也都把這些符穿過了百寶袋帶來的釘子上，不多不少，剛好三根。

由於這種大型釘子，用途也很廣，所以百寶袋裡面也準備了三根，釘子的前端比較鈍，所以不會有傷到自己的危險，不過曉潔還是用布把它們包好。

問題就是打哪根釘子。

考慮了一會之後，曉潔知道這樣想破頭也沒有半點意義，因為說到底都是賭，現階段得到的訊息真的不夠多。

所以不再多做猶豫，曉潔拿起了那根對付惑靈的釘子，看著眼前這個跟她一樣高的水晶洞，緩緩舉起了手……

正準備釘下去的時候，曉潔突然感覺到不對勁。

等等……不對。

如果惑已經迷惑了店員，那麼它就可以控制其他人。

那麼把這個巨大的水晶洞放在這裡彷彿鎮店之寶，不免也太高調了吧？就好像完全不怕人知道，這個就是惑棲息的水晶洞一樣。

這也太不符合惑的特性了。

「那個……」曉潔問旁邊的亞嵐說：「這種水晶洞會不會有假的啊？」

「我也不清楚……可能會有吧？」亞嵐不是這方面的專家，當然也不可能分辨得出真假。

不過如果這個水晶洞是人工贗品，那麼棲息惑的機率就很低了。

就算是真的，這種擺法也太不符合惑的特性。

可是如果不是這個，其他幾個呢？

其他與這個水晶洞並排在一起的水晶洞，雖然大小不一，沒有比它大的，不過就這樣陳列在架上，好像從高調的程度看起來，也沒什麼兩樣……所以會不會有藏得比較隱密的？

「幫我找一下，」曉潔轉過頭對亞嵐說：「看看還有沒有藏起來的水晶洞。」

雖然不知道這樣的用意是什麼，不過亞嵐也立刻開始跟曉潔一起找了起來。

她們仔細找過了桌子底下，甚至連遮蔽用的布都掀起來看，都沒有發現有藏起來的東西。

亞嵐繞過櫃檯，想要看看櫃檯後面有沒有東西，結果搬開店員坐的椅子，就看到有個物品被人用布包著，亞嵐伸手將布給掀開。

「有了！」亞嵐叫道：「這裡還有一個！」

曉潔聽到立刻趕到櫃檯邊，果然在那塊布底下的，就是一個水晶洞。

「幫我把它放到櫃檯上。」

亞嵐跟曉潔合力將水晶洞搬出來，放到了櫃檯上。

跟那個鎮店的水晶洞比起來，這個大概只有胸口那麼大，不過不管是成色還是裡面的水晶，看起來的確跟那個水晶洞有著完全不同的感受。

光是靠近洞口，都可以感覺到一股寒氣。

「看來應該是這個了。」曉潔說。

比起大而不實的水晶洞，這個大小適中、靈氣逼人的水晶洞更適合惑棲息其中。

因此不再有任何猶豫，曉潔舉起了手上的釘子，刺向水晶洞之中。

釘子才剛碰到了水晶，一股強大的力道立刻反射出來，力道之大不但讓曉潔手上的釘子彈開，就連曉潔也被整個人震開，震出了店外。

重重摔落地面的曉潔，因為衝擊力道過大，整個人幾乎要暈過去了，就連亞嵐尖叫的聲音，都聽起來越來越遠，越來越遠到完全消失為止。

2

曉潔緩緩張開眼睛。

在那股強烈的衝擊之下，讓曉潔覺得自己渾身都有點不太對勁。

才剛試圖想要從地上爬起來，就聽到了一個熟悉的聲音。

「終於醒了嗎？」

曉潔將頭轉向聲音的地方，看著說話的人。

鍾家續就站在不遠處，看著曉潔。

「發生什麼事了？」

曉潔從地上爬起來，看了看四周，自己還是在那間藝品店的門口，但是四周卻看不到亞嵐跟其他人。

「嘟嘟……亞嵐人呢？」

鍾家續沒有回答，朝曉潔這邊走了過來。

「從我們相遇的那一天開始，」鍾家續對曉潔說：「我就一直在等待這個機會，這個可以好好跟妳對決的機會。」

「啊？」曉潔不解：「什麼意思？」

「就是這個意思啊，」鍾家續攤開了手，看了看四周：「一個沒有任何人可以打擾，不會有什麼熱血學長或者煩人好友的地方，好好地跟妳算算這長達千年的恩怨。」

想不到鍾家續竟然還想著兩家之間的恩怨，讓曉潔真的感到萬分的無奈。

「現在是講這個的時候嗎？」曉潔皺著眉頭說：「我說過了，我沒有那個意思想要跟你分出勝負什麼的，至於過去的恩怨，我也沒有打算讓它延續下去。」

「妳沒有？」鍾家續一臉訝異地說：「那其他人呢？妳敢保證其他人沒有嗎？」

曉潔下意識想要回答保證沒有，因為鍾馗派只剩下我一個人了，但是心中還是有點顧忌，因此只有張開嘴，卻沒有回答出來。

「喔，」鍾家續臉上突然浮現一抹神秘的笑容：「對了，妳隱瞞了我，關於你們本家的事情，不是嗎？其實你們本家只剩下妳一個人了，對吧？所以妳才能說出這樣的話。」

想不到鍾家續會知道這點，讓曉潔的臉色有點僵了。

「妳隱瞞我的原因，」鍾家續冷笑著說：「不就是還把我當成敵人嗎？不相信我的證明，不是嗎？然後還在那邊說什麼沒有意思想要跟我分勝負，是因為不想正面跟我衝突吧？我看是想要趁我不注意的時候，給我來陰的吧！」

「不是這樣，」曉潔沉著臉說：「我不是那樣的人，我也沒想過要傷害任何人。」

「沒想過不代表不會吧？」鍾家續冷冷地說：

「這不就是妳們正妹最會的事情嗎？傷人總是無心的，害人永遠不是本意，不過還是傷人害人了，不是嗎？」

「啊？」曉潔一臉疑惑：「你到底在說什麼啊？」

「有人為了救妳而死了，不是嗎？」鍾家續厲聲地說。

聽到鍾家續這麼說，曉潔腦海裡面立刻浮現出兩個熟悉的人，一個是陳伯、另外一個就是阿吉。的確這兩個人，從某個角度來說，都是為了拯救自己而死。內疚與心痛同時湧現在曉潔的心中

「所以，」鍾家續伸出了手，緩緩地擺出了一個姿勢：「我不會讓妳繼續這樣無辜的傷害人了，我要在這裡，解決我們兩家之間的恩怨，也要解決妳！」

雖然還是搞不太清楚到底是怎麼回事，不過看著鍾家續的模樣，一點也不像開玩笑。

難道說鍾家續其實一直以來都知道著鍾馗派發生的事情?而這邊發生的惑，其實就是鍾家續佈下的陷阱?鬼王派的人確實可以操作鬼魂，佈下這樣的陷阱，不是嗎?所以這一切都只是為了殺了自己?這真的是我認識的鍾家續嗎?

然而在這些問題全部浮現出來的同時，有一個更大的疑惑，浮現在曉潔的心中，蓋過了這一切的疑惑。

——我中惑了嗎?

就在曉潔這麼想的同時，腦海裡面浮現出來的，是當時阿吉說過自己中惑時的感覺。

「不會因為妳是道士，或者是懂這些口訣，就不會被惑迷惑。」阿吉裝模作樣地攤開手說:「雖然有道行的人多少有點抗性，不過說到底，其實也只是時間問題。」

「所以你有中過嗎?」曉潔問。

「有，」阿吉一臉無奈:「當然有。」

「那是什麼感覺?」

「中惑的感覺，該怎麼說……」阿吉側著頭想了一會:「啊，我想到了!有一次我開著電視看新聞，然後看到睡著，電視沒關。一方面是因為睡在沙發上，其實睡得不是很好，另外一方面是一直聽到關於新聞的聲音，就在感覺有點半夢半醒之間，作了一些跟新聞有關的夢。像是那天我記得有個火災的新聞，結果夢裡面我就被困在火場裡面，大概就是這種感覺！這就是中惑的感覺！看到的、聽到的，可能都是現實的，不過在妳的腦中會轉化成完全不一樣的狀況與東西，甚至有些話妳聽了、看了，卻完全沒有吸收進去，這就是惑！」

「為什麼我覺得……」曉潔白了阿吉一眼：「你只是把口訣白話了，這些口訣都有不是嗎？」

「對！都有！」阿吉說：「可是妳不親身體驗一次，很難體會那種感受。」

「說了等於沒說。」

「也是，」阿吉說：「不過妳要記住，一旦妳開始懷疑自己有沒有中惑，基本上妳都已經中惑了。因為就算妳沒中，也已經失去了現實與虛幻之間的判斷力，跟中了也沒什麼兩樣了，不是嗎？」

「那這時要怎麼辦？」曉潔說：「解惑來得及嗎？」

「來不及啦，」阿吉說：「如果是一開始解惑還可以，到了這種時候，用一般法器解咒已經有點困難了……」

「那要怎麼辦？」

「信念，」阿吉臉上掛著一抹詭異的笑容：「要破惑靠的就是信念……義無反顧的信念。」

該死的……這是什麼鳥答案啊？

一想到阿吉最後講的話，讓曉潔相當無言。

尤其是身處在現在這種時候，真的很需要身為師父的給自己可以保命的寶貴意見，自己能想到的只有這兩個字，真的會有種想要扁人的感覺。

惑存於人群之中，蠱惑人心，搬弄是非，讓人困惑甚至自相殘殺，就是惑最擅長的地方。

這些曉潔都知道，但是卻完全無助於她解析現在的狀況。

然而在鍾家續朝自己衝過來的時候，曉潔至少了解到一件事情。

不管是真的還是假的，都要保護好自己！這就是曉潔的信念。

鍾家續的動作很快，不過曉潔的反應也不算慢。

雖然說沒參加過什麼校隊，但是運動神經一向也不算太差，不過像這樣跟人動起手來，曉潔也算是第一次。

鍾家續並沒有用曉潔所熟悉的魁星七式，反而真的像是打架一樣，不停朝曉潔這邊揮拳，這樣打起來真的讓曉潔越打越疑惑。

然而曉潔沒有學過什麼功夫，橫豎到頭來也只有魁星七式可以用，因此即便鍾家續沒有用，曉潔這邊也只能選擇用魁星七式來應戰。

雖然不是什麼武學高招，但是魁星七式本身當成一門武術來說，還是有不錯的戰鬥力，因此像鍾家續那樣只會揮拳與踢腳，實在很難跟魁星七式抗衡。

兩人交手了幾回之下，曉潔發現自己確實可以靠著魁星七式佔到一點優勢，因此原本還有點慌亂與緊張的心情，也逐漸穩定下來，看著鍾家續缺乏變化與單調的攻擊，曉潔完全有辦法用魁星七式來應對。

心逐漸冷靜下來的同時，心中的疑惑也慢慢解了開來，對於眼前的狀況也越來越清晰了。

一旦無疑、惑自破。這是破惑的口訣。

在跟鍾家續交手的過程之中，曉潔終於慢慢體會到這句口訣的精髓。

懷疑自己是不是中惑了，本身就是一種疑惑。

但是只要靠著信念，確實把自己當成已經中惑的狀況，似乎就有了一條可行之路。

不管怎樣，自己都需要先保護好自己……

一個轉身，曉潔躲過了鍾家續的拳頭。

……然後相信自己的信念……

回過身來腳向前一擺，將鍾家續絆倒。

……貫徹自己的想法！

被絆倒的鍾家續，還來不及反應，曉潔的拳頭便直直朝著他的臉打了過來。

3

在聽到那陣廣播聲之後，鍾家續知道自己失敗了。

太過於心急想要找到惑的後果，果然就是打草驚蛇。

原本還想說自己已經挑了最沒有傷害力的靈體，對方應該不會放在眼裡，想不到對方竟然一出手就是發威，讓整個地下街的人都被控制。

鍾家續根本沒想到自己竟然會鬧出這麼大的風波，對抗惑最糟糕的地方就在這裡。

因為當鍾馗派講述到收魔伏妖，需要講究快狠準的時候，最被拿出來當作例子之一的，不是鬼自蝕現象，就是惑。

一旦惑發起威來，難度就會躍升好幾級，根本跟高階的靈體沒什麼兩樣。

當年在收服徐馨奶奶的時候，就是因為阿吉那裝模作樣、囂張跋扈模樣，才會讓惑魔認為可以把阿吉耍在股掌之間，最後卻反而被阿吉給反將一軍。

這些都是有經驗的道士，才比較擅長跟惑魔交手的原因。

然而不管是鍾家續還是曉潔，能力都不到這個層級，因此照本宣科的結果，就是驚動到了惑，導致惑發威。

不過鍾家續的反應也很快，一知道惑發威了，先去解了詹祐儒的惑，然後立刻拉著米古魯兔往前衝。

在這些人徹底被控制之前，鍾家續還是非常清楚自己的目標在哪裡。

雖然對地下街的熟悉程度，不至於像亞嵐那樣瞭若指掌，不過在這之前，鍾家續也來過好幾次。

所以一聽到廣播，當然確定惑在服務中心，因此鍾家續拉著米古魯兔衝到服務中心，在人潮徹底暴動之前，將服務中心的門關上。

當看到後面只跟著詹祐儒一人的時候，其實鍾家續大概也猜到曉潔的心意了。

只是讓鍾家續遺憾的是，最後竟然證明曉潔的擔心是對的。

不過對自己失望是一回事，目前的狀況就連鍾家續也非常清楚，現在絕對不是逞強的時候。

如果不選擇合作，那麼可能不只有自己兩人，就連曉潔他們三人都得一起死在這裡。

當然他們兩個還不知道的是，如果是這樣的話，不管是鍾馗派還是鬼王派都將絕後。

一個遠從鍾馗祖師時代就傳承下來的門派，就會在這個台北地下街永遠消失，被世人永遠遺忘。

「現在到底是什麼情況啊？」被鬼上身才剛清醒，就被鍾家續抓著跑的米古魯兔，完全不知道狀況。

「現在惑魔正在發威，」鍾家續淡淡地說：「他利用廣播把所有逛街的人控制住，我需要……」

鍾家續才剛這麼說，從櫃檯後面一個身影緩緩浮現。

正是那個算命師，一開始將自己詭異的笑聲傳到地下街每個角落的那個算命師。

算命師的臉上依舊掛著神秘的笑容，看著他的笑容，鍾家續胸口燃起了熊熊的怒火。

「開什麼玩笑，」鍾家續冷冷地說：「這可是我等待已久的機會，怎麼可以被你這個惑靈給破壞了！」

鍾家續說完，二話不說立刻朝算命師撲了過去。

算命師幾乎毫無抵抗，三兩下就被鍾家續給撂倒，倒在地上動也不動。

當然看到了算命師這軟弱無力的模樣，鍾家續知道，自己真的判斷錯誤了。

這個算命師跟外面的人一樣，都只是被惑控制住。

不過錯了還是錯了，現在的鍾家續也只能死馬當活馬醫，把廣播用的麥克風電源給拔掉，至少不能再讓惑有機會對所有人施法。

解決了這邊之後，鍾家續對米古魯兔說：「我們要先去跟葉曉潔他們會合。」

「你不是解決了嗎？」米古魯兔面露難色：「真的有必要跟他們合作嗎？」

「那個是假的，」鍾家續沉著臉說：「現在不合作，我們可能都沒辦法活著走出地下街。」

當然沒有給米古魯兔繼續爭論的空間，鍾家續正準備出門，不過想到雖然拔掉了廣播，但是外面那些人潮的惑可能還沒解開，因此鍾家續放下了背包，決定全副武裝再出去。

於是鍾家續從背包拿出了一件黑色的道袍，看到鍾家續拿出道袍，米古魯兔這才知道事態的嚴重性，因為她了解鍾家續，其實很不喜歡穿道袍，如果不是必要，他絕對不會選擇換上道袍，因此就算本來心中有滿滿的抱怨，這下也不敢再有任何意見了。

穿好道袍後，鍾家續跟米古魯兔離開了服務中心，外面空無一人，整個地下街就好像死城一樣，雖然遠處還有些怪異的吵雜聲，不過聲音越來越遠，似乎也不是他們現在需要擔心的。

只是鍾家續與米古魯兔所不知道的是，兩人前腳才剛離開服務中心，在櫃檯後面那個算命師又再度站了起來，臉上依舊是那抹詭異的微笑。

渾然不覺的鍾家續帶著米古魯兔，小心翼翼地朝著地下街的後段走。

雖然整體來說地下街算是兩條並行的直線，不過因為還是有點彎曲的弧度，所以就視線來說，沒有辦法一眼就看到最深處，兩人小心地留意著四周的狀況，並且一路向後段而去。

走了數分鐘之後，突然聽到了一個女生的尖叫聲。

鍾家續聽了立刻向前跑，跑沒多遠，就看到遠處兩個熟悉的身影。

曉潔躺在地上，而剛剛尖叫的那個人，應該就是在曉潔身邊，關心曉潔狀況的亞嵐。

「發生什麼事了？」鍾家續趕到亞嵐身邊問。

「剛剛我們找到那個水晶洞，」亞嵐說：「曉潔認為那個應該就是惑棲息的地方，所以準備用釘子釘，誰知道一釘下去，曉潔就被震飛了。」

聽到亞嵐這麼說，鍾家續感覺到慚愧，想不到到頭來自己還是技不如人，自己還像個無頭蒼蠅的時候，曉潔不但已經找到了惑棲息的地方，還正準備破惑。

亞嵐也已經看了一下曉潔的狀況，雖然失去意識，不過沒有外傷，呼吸也還算正常，應該不會有事才對。

「既然是這樣的話……」鍾家續站起身來，朝著藝品店的櫃檯走。

既然曉潔已經幫自己完成了前半段，也就是找出惑棲身的場所，接下來就看自己了。

然而才剛走進店裡面，身後就聽到了亞嵐的聲音。

「曉潔？妳醒啦？」

鍾家續轉身，看到了曉潔正凝視著自己。

「發生什麼事了？」曉潔問。

「妳沒事了嗎？」鍾家續皺著眉頭。

曉潔勉強地從地上爬起來，一旁的亞嵐扶著她起身，站好之後看了一下四周，曉潔一臉疑惑。

「嘟嘟……亞嵐人呢？」

「啊？」聽到曉潔這麼問，鍾家續還沒什麼反應，不過一旁手還緊緊握住曉潔手的亞嵐，張大了嘴難以置信。

「哈囉！我在這裡啊！」亞嵐在曉潔的面前揮了揮手。

但是曉潔完全視而不見的模樣，一雙眼睛直直盯著鍾家續，沒有半點反應。

當然曉潔的模樣，鍾家續也看在眼裡。

突然曉潔臉上又是一臉疑惑：「啊？什麼意思？」

看到曉潔這樣子，鍾家續大概猜到了是怎麼回事了。

「亞嵐，」鍾家續沉著臉說：「妳退開一點，兔兔妳也別過來，她中惑了。」

聽到鍾家續這麼說，亞嵐放開了抓住曉潔的手，接著向後退一步，原本就跟曉潔有點距離的米古魯兔，更是退到了十步遠的地方。

「中惑了？」亞嵐驚訝地看著曉潔：「那你有辦法幫她解嗎？」

「沒有，」鍾家續沉著臉搖搖頭說：「到這種地步已經解不了了，只有看她自己能不能解開，其他人沒辦法幫她解。」

這時曉潔又突然對著鍾家續說：「現在是講這個的時候嗎？我說過了，我沒有那個意思想要跟你分出勝負什麼的，至於過去的恩怨，我也沒有打算讓它延續下去。」

感覺完全就是雞同鴨講，不過光是話的內容大概也猜得到，曉潔的意思是什麼。

此刻恐怕在曉潔的五官世界之中，挑釁的人是自己吧……

惑最恐怖的地方，就是會讀取人心，讓人心中的疑惑無限擴大，並且從中作梗、見縫插針。

果然兩派之間的嫌隙，同時出現在惑的面前，就是會出現這樣的狀況，這點不管是曉潔還是鍾家續都完全沒有辦法想到。

「等等不管發生什麼，」鍾家續捲起了袖子：「你們都別插手，她已經中惑了，不是開玩笑的。」

這麼說的同時，鍾家續注意到了，曉潔的手上，還緊緊握著那根本來要用來釘水晶洞的釘子。

這時曉潔突然沉著臉說：「不是這樣，我不是那樣的人，我也沒想過要傷害任何人。」

到了這個時候，就連曉潔的好友亞嵐也知道，曉潔真的很可能如鍾家續所說的一樣，中惑了。

不過就算中惑了，以曉潔的個性應該也不會動手吧？

至少就亞嵐對曉潔的想法，確實是這樣。

在場的三人，六隻眼睛緊緊地盯著曉潔，只見曉潔突然低下頭，一臉內疚的模樣，似乎在為什麼事情感到後悔。

對吧？就算是中惑了，以曉潔的個性，絕對不會就這樣隨便動手傷人。

就在亞嵐這麼想的同時，曉潔的臉一仰，臉上表情不再充滿疑惑，並且像前一衝，手上握著大釘子就這樣朝著鍾家續揮了過去。

這一下徹底嚇傻了亞嵐，因為她完全想不到曉潔真的會攻擊，不過鍾家續可沒那麼天真，他知道一旦中惑了，情況絕對不是眾人所能想像的那樣。

到了這種情況，也只能想辦法把曉潔打昏了。

至少，這是鍾家續知道的唯一一個解決之道。

鍾家續躲過曉潔這一擊，並且對一旁嚇傻的亞嵐叫道：「亞嵐！妳要幫我作證，我真的不是有心要傷害她，只是現在不把她打昏，可能是我得被她打死。」

亞嵐聽了還張大著嘴，對於曉潔動手這件事情，感到訝異萬分，也只能愣愣地點了點頭。

鍾家續說完之後，當然也不再躲避，曉潔一個轉身攻了過來，鍾家續迎上前去，兩人立刻打了起來。

曉潔所用的的確就是魁星七式，身為鍾馗派的傳人，這是曉潔最熟悉的一套功夫。

鍾家續當然也是用逆魁星七式，不過比起出道多年之後才入魔道的阿畢與劉易經來說，威力相差相當懸殊。

雖然鍾家續已經卯足全力，真心與曉潔對打，不過曉潔這邊中惑的狀況之下，不管怎樣的攻擊似乎都完全不放在眼裡，幾乎是毫無防備地在跟鍾家續打，如果鍾家續也選擇強攻，那麼兩敗俱傷是最後的結果。而且鍾家續是空著手，曉潔手上可是拿著鈍重的大釘子，怎麼想這兩敗俱傷恐怕都是鍾家續比較傷。

因此鍾家續打起來有點綁手綁腳，在幾乎相對等的實力之下，鍾家續也居於下風。眼看曉潔的攻勢一次比一次猛烈，力量也一次比一次大，鍾家續知道再這樣下去的話，光是這樣拖也會被曉潔拖死，因此即便真的得要兩敗俱傷，自己也沒辦法了。畢竟再挨打下去，遲早自己會失手，到時候付出的代價恐怕更大。

於是看準了曉潔一次攻過來的機會，鍾家續用肩膀撞了一下曉潔揮過來的拳頭釘，然後用盡全身的力量，朝曉潔的肩膀重重地捶下去。這一下曉潔手上的釘子，確實刺中了鍾家續的左臂，但是鍾家續這一拳卻也扎實地打在曉潔的肩膀上。

鍾家續肩膀一痛，向後退了一步，料想肩膀也被重捶一拳的曉潔，應該也會退開，這樣至少自己可以有個稍微喘息的空間，豈料中惑的曉潔，彷彿完全不知道疼痛，肩膀一抖不退反進，伸出腳向前一勾，就這樣把鍾家續勾倒在地上。

這下完全出乎鍾家續的意料之外，整個人向後一坐倒，雙手也下意識地往地上一撐，希望可以緩衝一點力道，才剛跌坐在地上，曉潔的拳頭竟然已經揮了過來，並且直直揮向鍾家續的臉。

雙手低垂緩衝，根本毫無防備的鍾家續，就只能閉上雙眼，等待這致命的一擊，畢竟曉潔的拳頭可是握著釘子的。

不只有鍾家續，就連旁邊看著的亞嵐跟米古魯兔，見到這一幕都異口同聲地叫了出來。

「不要——」

兩人同時發出來的尖叫聲，就好像真的將時間靜止了一樣。

在場的所有人都沒有任何動作，曉潔的拳頭與釘子，就這樣定在鍾家續的面前。

4

雖然揍倒了鍾家續，但是曉潔這一拳，終究停在鍾家續的面前。

「我……」曉潔對鍾家續說：「永遠不會對你們鬼王派出手，我說過希望我們可以和平共處，是真心的。不管你怎麼挑釁，我都不會跟你拚個你死我活，這就是我的證明。」

當然，這也是曉潔的信念。

就在曉潔這麼說的同時，呼吸突然感覺到有點不對勁，一口氣突然喘不過來，曉潔摀住胸口，用力地咳了一下，然後眼前突然有點變化，還沒看清楚，就聽到了亞嵐的聲音。

「住手！」

曉潔轉過頭去，果然看到亞嵐用難以置信的表情看著自己。

曉潔甩了甩頭，感覺腦海裡面一片空白。

「葉曉潔？」地板上傳來一個熟悉的聲音。

低頭一看，只見鍾家續一臉慘白坐在地板上看著自己。

「妳……沒事了嗎？」

對於鍾家續的這個問題，曉潔一時之間還真不知道該怎麼回答，愣了一會之後，突然扶著自己的左胸口說：

「雖然不知道為什麼我的胸口很痛，不過應該是沒事了。」

聽到曉潔這麼說，鍾家續鬆了一口氣，看樣子曉潔真的靠自己的力量，破了自己所中的惑。

鍾家續曾經聽自己的父親說過，只有真正厲害的道士才有可能在中惑之後，不靠外力協助，憑藉著自己的意識破惑。

看樣子，葉曉潔真的比他想像的還要厲害。

眼看曉潔沒事，米古魯兔也立刻趕到了鍾家續身邊，將鍾家續扶了起來。

「真是對不起，」曉潔一臉歉意：「我好像中惑了。」

「是啊，」這時亞嵐也來到曉潔的身邊說：「而且還一直雞同鴨講說什麼分勝負的，我明明就在妳面前，妳還在那邊亞嵐亞嵐的叫。」

聽到亞嵐這麼說，曉潔感到相當困窘。

「所以……」曉潔苦著一張臉：「你們都聽到我中惑時候說的話？」

「是。」

如果中惑之後是被人打暈或者是惑被人破了之後才恢復正常，多半不會有中惑時候的記憶，不過像曉潔這樣靠著自己的力量破惑，所有發生的事情可就記得一清二楚了。

一想到自己剛剛一定像個瘋婆子一樣，真的讓曉潔有種想要撞牆的感覺。

不過既然已經被聽到了……

「那個，」曉潔認真地對鍾家續說：「關於和平共處的事情，我是真心的。我相信我們兩派之間，真的已經不再需要像過去那樣，拚個你死我活了。我可以保證，我們本家絕對不會再有任何人對你們出手，就看你願不願意相信我了。」

鍾家續聽了，淡淡地笑著說：「這是締結和平條約的意思嗎？那妳代表的是妳自己還是……」

「我絕對可以代表鍾馗派，」曉潔一臉嚴肅地說：「因為我就是鍾馗派現存於人世間，最後的一個傳人。」

當然，說出這個事實，也等於把自己自身最弱的弱點給展現出來，因此鍾家續也是一臉驚訝。

「如果被我爸知道了，」猶豫了一會之後，鍾家續笑著說：「我爸一定會很火大吧？不過，我也不希望繼續這樣提心吊膽，也不希望未來我的孩子，還得過我這樣的日子。我願意相信妳，葉曉潔。而我也絕對可以代表鬼王派，因為除了我爸之外，我也是鬼王派最後的一個傳人。」

聽到鍾家續這麼說，曉潔當然很開心，不過同時也了解到，他們兩人真的就是這傳承千年以來，偉大流派的最後兩個傳人，不免也讓人覺得唏噓。

曉潔伸出了手，鍾家續看了一眼之後，也伸出了手握住了曉潔的手。

這個代表和平協議的握手，所代表的意義之大，恐怕不是曉潔或者是鍾家續所能想像的。

當然，在曉潔恢復正常的同時，也代表著惑正式被破了。

一陣孤單的掌聲，從眾人的身後傳來。

眾人把視線轉過去一看，拍手的人不是別人，正是那個被鍾家續打倒的算命師。

「你們會不會想太多了，」算命師說：「還談什麼和平……先過得了我這關再說吧！」

算命師突然怒號起來，並且朝兩人撲了過來。雖然剛剛被鍾家續輕易摺倒，不過因為鍾家續知道自己錯了，沒有對算命師追擊，因此惑的分身並沒有離開算命師的體內，現在仍然控制著算命師。

不過先前會被摺倒，當然就是惑的手段之一，現在都到了這個地步，惑也只剩下全力進攻一途。

曉潔跟鍾家續當然不可能就這樣乖乖被撲倒，兩人朝兩邊一讓，同時一左一右擺出了一樣的姿勢。

這個姿勢是真正的傳人才會的姿勢，不管是曉潔還是鍾家續，兩人都是正統的傳人，因此一動起手來，自然擺出了同樣的姿勢，魁星七式的起手式。

只是不同的是，兩人一個用的是本家傳人才會的魁星七式，另外一個卻是從本家之中，墮入魔道淬鍊出來的逆魁星七式。

這兩個宛如鏡子般，同源的招式，在歷史上不知道已經交手過多少次，卻不曾像現在這樣聯手，至少，沒有留下任何聯手過的紀錄。因此不管是曉潔還是鍾家續，都不知道聯手會是什麼情況。

但是這時候也不是仔細探討的時候了，兩人擺了起手式之後，也頓時將算命師夾在中央，兩人立刻把握住這個機會，同時向算命師發動攻勢。

算命師的速度也很快，雖然被兩人夾攻，但是一時之間，還是很順利躲過兩人的猛攻。

不過畢竟是被左右夾攻，算命師光是抵擋與躲避就已經很勉強了，不要說出手對兩人發出攻勢。

三人混戰了一下，雖然算命師的動作很快，不過雙拳難敵四掌，接二連三被曉潔跟鍾家續打中的他，一下子就敗下陣來。

似乎也知道自己在兩人的夾攻之下沒有勝算，算命師向後一退，狠狠地瞪著兩人。

即便已經敗下陣來，即便已經惡狠狠地瞪著兩人，但是算命師的嘴仍然掛著那一抹詭異的笑容。

不過這樣的詭異笑容，可沒辦法嚇跑曉潔跟鍾家續，這點算命師體內的惑也非常清楚……

突然算命師的笑容一收，整個人開始抖了起來，然後開始打著自己，這一幕看起來比起剛剛的模樣更加嚇人。

沒有等算命師眼睛變紅、發散出紫霧，鍾家續跟曉潔，甚至於一邊的亞嵐，都知道發生什麼事了。

「鬼自蝕！」亞嵐叫道。

當然亞嵐知道，鍾家續跟曉潔也非常清楚。

「你有辦法用你們的方法收掉他嗎？」曉潔轉過頭來問鍾家續。

「現在沒辦法，」鍾家續說：「除非讓他受傷，減弱他的力量才有可能。」要收服一個鬼魂，確實就跟現實生活中那些寶可夢的電玩一樣，如果不讓靈體變弱，就沒有辦法將他收於符中。

曉潔沉吟了一會之後說：「好，你想辦法纏著他，我去削弱他。」

曉潔說完之後，立刻轉身朝藝品店跑，鍾家續也立刻會意過來，向前一迎準備拖住算命師。

這時算命師的身上已經散發出紫霧，鬼自蝕已經開始了。

所謂的鬼自蝕，就是鬼魂燃燒自己的靈魂來換取強大的力量，在自蝕完了之後，自身也會毀滅，拚的就是想要跟敵人同歸於盡。

鬼自蝕非同小可，當然鍾家續這邊也不敢大意，還沒等算命師行動，一揮手擲出了三張符咒。

那三張符咒立刻變成了餓靈，朝那個惑魔攻過去。

算命師身上的惑，確實如亞嵐所說的一樣，靠著台北車站容易迷路的特性，扎扎實實飽餐好幾頓，這時展現出來的威力也很驚人。

只見紫霧將算命師包圍起來，看起來就好像一個更巨大的人一樣，三個餓靈衝上前，還沒碰到算命師，就被紫霧化成的手臂一揮，頓時被打到煙消雲散。

鍾家續見了，再拋出三張符，並且一伸手從道袍中抽出銅錢劍，跟著另外三個縛靈一起衝向算命師。

曉潔衝向藝品店，亞嵐下意識地也跟著曉潔一起衝過去。

那個惑所棲息的水晶洞，仍然擺在櫃檯上，曉潔見了拿起來釘子正準備釘下去，想不到一團紫霧竟然從旁邊席捲而來，打掉了曉潔手上的釘子。

曉潔訝異不已，回過頭，只見那個算命師身上的紫霧，變成了好像一隻巨大的手臂一樣，延長了幾公尺的長度，把曉潔手上的釘子打掉。

當然，這一下是曉潔完全沒有預料到的，不過塞翁失馬焉知非福。

在剛剛這一下之前，曉潔雖然已經確定了對方是天惑，不過是魔、靈還是妖，則是全部用猜測的，在此之前，曉潔全部都是猜靈，換句話說，那根被算命師打掉的釘子，是對付天惑靈的釘子。

就像口訣之中所說的，「鬼自蝕、原型露」，因此看到這伸長的手臂，以及那團紫霧，曉潔知道自己終究還是賭錯了，這傢伙是魔——天惑魔。

就在曉潔領悟過來，把另外一根釘子拿出來的時候，那紫霧幻化而成的手，一把抓住了曉潔，並且將曉潔朝算命師這邊拖，意圖想要讓曉潔遠離那個水晶洞。

曉潔掙扎不了，立刻將手上的釘子，朝亞嵐那邊丟過去。

「用那根釘子釘水晶洞！」曉潔叫完整個人就被朝算命師這邊扔過來。

亞嵐聽到完全不猶豫，撿起曉潔丟過來的釘子，跑到櫃檯前，把釘子狠狠地朝水晶洞裡面釘下去。

原本的水晶洞還有惑魔設下的陷阱，可是這個陷阱已經被曉潔踩過，因此亞嵐這一釘毫無阻礙地就刺入了水晶洞中。

「嗚啊——」紫霧中的算命師口中發出一陣激烈的哀號。

鎮魂釘已經打進去了，當然紫霧立刻消散，可是被甩過去的曉潔，原本還想靠魁星踢斗的姿勢擺脫紫霧的束縛，結果姿勢擺好，想不到那股抓住她的力道也立刻消失，隨著慣性曉潔卻仍然朝著惑魔上身的算命師飛過去。

在空中的曉潔根本不可能改變方向，眼看躲不了乾脆就順著下去吧，看準了惑魔的腦袋，抬起來擺出魁星踢斗姿勢的那隻腳，順勢就這樣用力踩下去，準確地踩中了惑魔的腦袋。

原本被鎮魂釘打入本體就已經受了重傷的惑魔，被這一腳踩下去，更是痛苦難耐，嘴巴立刻發出震耳欲聾的哀號。

「就是現在！」

鍾家續衝上前去，將手上的三張符咒，全部貼在紫霧散去的算命師身上。

在曉潔跟亞嵐的努力之下，破了惑的根，等於給了惑魔幾乎致命性的一擊。

這時算命師向後一倒，整個人倒在地上，然而在原地卻還有一個跟算命師一模一樣的人影，還在痛苦地掙扎著。

這下鍾家續絕對可以順利收服對方，鍾家續又拿出一張符，並且在口中唸唸有詞一番之後，對準了那算命師的人影額頭一貼。

「收！」

接著宛如吸塵器一般，惑魔掙扎了幾下之後，整個被吸入了符中。

周圍瞬間平靜下來，沒有任何尖叫聲，也沒有任何哀號。

在天惑魔被鍾家續收服了之後，一切都恢復了正常。

算命師雖然身上有些傷口，不過少了惑魔的控制，應該也無大礙。

在曉潔第一次用釘子試圖要攻擊那顆水晶洞的時候，其實其他人也都擺脫了惑魔的控制，因此愣在原地。

而在鍾家續順利收服了惑魔的同時，這些人才真正從中惑的狀態之中，解脫出來。

只是解脫出來之後，沒人記得發生什麼事情，更沒有人知道自己剛剛的行為，頂多就只是覺得自己為什麼會來到這裡之類，一點莫名其妙的想法殘留下來而已。

人潮逐漸恢復正常，大批大批的人群，從後段的地下街往前面移動。

該回店裡的店員，一個接著一個回到了店裡，然後很短的時間之內，一切都回歸到正常。

鍾家續與曉潔在贏了惑魔之後，幾乎都癱倒在地上，等到人潮回籠，這下才發現自己身上還穿著道服，對道服非常排斥的兩人，立刻衝到廁所去將道服換下來。

「別擔心啦，」亞嵐笑著對兩人說：「這裡是地下街耶，多的是Cos的人，什麼女僕啦，水手服女高生啦，都很正常啦。」

當然比起兩人穿著道服來說，詹祐儒就悽慘多了，眾人發現他倒在地上，被一群人圍觀。

原來地下街有一間賣模型空氣槍的店，那把長槍就是店裡拿出來的，跟真槍十分相像，只是取代那些具有殺傷力的子彈，這些槍打的多是漆彈。

痛是很痛，不過沒有殺傷力，頂多就是像現在的詹祐儒一樣，被打成七彩繽紛的彩人。

之所以會暈倒在地上，完全是以為自己中彈而嚇暈過去。

而在嚇暈過去沒多久，曉潔就解除了惑魔對眾人的控制，因此暈倒的詹祐儒才不至於被這些怒火中燒的人群給大卸八塊。

雖然鬧出來的風波有點大，不過除了曉潔等人之外，沒有任何人有印象自己被控制過，只是有些人可能會有點納悶，為什麼全身有些地方的肌肉很酸痛，尤其是腿。

第10章・會面

1

事實上確實如曉潔所想的一樣，鍾家續等這個機會已經等很久了。

在回家的車上，鍾家續挑了一個最後面的位置，坐在椅子上，用身體做掩蔽，迫不及待地看著自己背包裡面的那張黃色符籙。

其實，這張黃色的符籙，已經在他的袋子裡面靜靜地待了好一陣子了。

不管任何人，在各自的人生裡面，都有很多的里程碑。

像是中學畢業、大學畢業、找到第一份工作或者是與人生第一個情人交往等等。

在這些里程碑之中，有些是循序漸進的，就好像求學之路一樣，小學畢業這個里程碑之後，就是中學畢業這個里程碑。對鍾家續而言，也是如此。

在鬼王派的這一條路上，也有著一個接著一個的里程碑。

然而在一個接著一個達成，並且獲得了成長之後，卻突然有個里程碑卡住了。

那個里程碑就是正式出道，把所學第一次實際運用在現實生活上。

會讓這個里程碑卡住的原因，當然就是他們家的家規。

好不容易盼到了解禁之日，在自己解禁的那一天開始，一個全新的里程碑就浮現在鍾家續的腦海之中。

那就是收服人生的第一個惑。

跟鍾馗派有點不同的地方，鍾馗派的靈體分類，就只有低、中、高階。不過對鬼王派來說，由於可以收服這些靈體供自己使用，因此根據不同靈體的實用性與收服難易度，有自己完全不同於鍾馗派的評價。

像是在低階的魅與惑，價值與收服的難易度，其實遠遠勝過於中階的餓。

對鍾馗派來說，惑是個驗證一個道士是否能獨當一面的測驗，對鬼王派來說，意義更是重大。

能夠收服魅就已經能算是獨當一面了，然而能夠收服一個惑，更是一個鬼王派道士證明自己身分最好的代表。

對鬼王派來說，惑算是高階的入門，能夠收服這個靈體的，在過去也絕對是一個不用擔心鍾馗派道士襲擊的高強道士。

只是諷刺的是，這個靈體有一半也算是曉潔幫忙的，換句話說，是一個鍾馗派的道士幫忙的。

不過，這點瑕疵對鍾家續來說，一點也不重要。

當然從這一點來說，其實也證明了曉潔過去的言行，如果她有一丁點對鬼王派有顧忌，甚至有敵意的話，今天絕對不會讓鍾家續收服這個惑魔。

曾經有這麼一段時間，鍾家續一直很擔心，內心也很內疚，對自己的父親隱瞞遇到鍾馗派道士的事情，感覺就好像小孩在玩火一樣。

他不敢想像如果這件事情被自己的父親知道，會有什麼樣嚴重的後果。

但是今天，在曉潔的協助之下，讓鍾家續真的明白曉潔真心沒有敵意，甚至想要和平的感覺，才讓鍾家續這幾個月來的內疚與不安，徹底煙消雲散了。

而且更重要的是，在曉潔的幫助之下，自己也順利收服了這個惑魔。

鍾家續還記得自己的父親在教導自己關於惑魔時候的那些話，也記得那些為了證明自己，勉強去收服惑魔導致慘死的故事。

不是每個只要記熟了口訣，學會了操偶技巧的道士，都可以順利收服惑魔。

除了基本功之外，更重要的還是要看一個道士真正的才華與天分。

只有那些少數可以收服惑魔的鬼王派道士，才是真正可以抬頭挺胸的鬼王派傳人。

用身體小心翼翼地擋住其他人的視線，鍾家續看著自己的袋子，在袋子裡面整齊地整理的這些符籙，每一張都代表一個被他收符的靈體，然而雖然數量不少，不過光是縛符就有一打了、饑靈也佔了大部分。在今天之前，唯一可以稱為珍貴，並且讓鍾家續感覺到驕傲的，是不久前才收服的魅。

如今一切都有了改變，過去不管收服得再多，少了惑終究還是有種半吊子的感覺，就好像一個棒球選手打得成績再好，如果只是業餘的，成績終究不能夠真正代表自己的實力。

但是今天收服了惑，就好像讓自己從業餘的球隊，轉到真正的職業球隊一樣。

不過這些自我感覺良好還不是最讓鍾家續激動的，真正更重要的是，他今天證明了父親的決定，也就是放他出來闖蕩，絕對是一個正確的決定。

看著窗外，鍾家續真的迫不及待想要回到家裡，然後把今天的成果告訴自己的父親，相信父親一定也會為此歡喜不已。

當然，關於曉潔幫忙的這個部分，他不會告訴父親，畢竟他不想破壞這值得紀念的一天。

好不容易壓抑著狂喜的心情，回到了家，鍾家續立刻找上老爸，在餐廳裡面，將這件讓人歡喜的事情告訴了老爸。

今天精神狀況不錯的鍾家續父親，聽到了鍾家續收服了惑魔，臉上難得露出愉悅的表情。

「真的是很不得了的一件事情啊，」鍾齊德笑著點點頭說：「阿續啊，把詳細的情況，都說給老爸聽。」

當然，即便不用鍾齊德要求，鍾家續也打算這麼做。

於是，鍾家續慢慢地，將今天發生的事情，告訴鍾齊德。

當然這個版本是完全拿掉了曉潔的版本，在這個版本中，曉潔等人就只是無意之間來到地下街遇到的路人甲乙丙丁而已。

鍾齊德靜靜地聽著，聽到一些比較刺激的地方，也不時點了點頭，雖然臉上的表情不多，不過可以看得出來，鍾齊德確實為鍾家續感到欣慰與開心。

看著這樣子的父親，以及這樣值得讓人開心的時刻，讓鍾家續心中確實感覺到了一股幸福的感受。

這種幸福的感受，對鍾家續來說，可是非常少見與珍貴的。

打從鍾家續有印象以來，童年都在學習一堆東西的時光中度過，等到了長大，開始有了自我意識之後，便一直被困在家裡。

除此之外，身為鬼王派的繼承人，隨時都像是有個看不見的人想要暗算自己一樣，整個人生就跟自己家裡長年昏暗的環境一樣，讓鍾家續的情緒隨時都像蒙上一層陰霾。

像這樣把自己小時候學的東西，學以致用，並且得到了足以讓父親感到驕傲的成績，此時此刻，鍾家續終於品嘗到幸福的滋味。

鍾家續將一開始如何被惑魔耍得團團轉，甚至整個地下街的人都被惑魔控制的事情，一直說到惑魔最後鬼自蝕想要同歸於盡，卻因為他找到了惑魔棲身的水晶洞，而順利收服他的事情，全部詳細說給父親聽。

然而當鍾家續說到自己的朋友米古魯兔將釘子釘入水晶洞的時候，鍾齊德的表情突然一沉。

「為什麼！」

鍾齊德突然情緒的大轉變，真的讓原本感覺到幸福的鍾家續嚇了好大一跳，整個人愣住一臉不解地看著鍾齊德。

鍾齊德向前一屈身，用那隻還堪用的手緊緊地抓住了鍾家續的衣服。

鍾齊德瞪大眼，就連那個失去眼睛的眼窩，也跟著變大，眼神中流露出驚恐的眼神。

「為什麼……你會用本家的鎮魂釘，」鍾齊德聲音顫抖：「說！你是不是遇到了本家的人！」

聽到鍾齊德的話，鍾家續這邊也露出了驚恐的表情。

因為得意忘形，結果真的被鍾齊德知道了鍾家續最不想要被父親知道的事情。

當然鍾家續也知道，遇到曉潔的這件事情，絕對瞞不下去了。

更重要的是，一但被父親知道了，可能自己就再也不能像過去這一個學期一樣，從被囚禁的牢籠之中被解放出來。

2

適溫的熱水從頭上淋了下來。

沐浴在熱水之中，背脊卻還是覺得寒涼。

明明已經安全回到廟裡了，但是曉潔的心中，卻還是感覺到不踏實。

感覺今天，似乎達成了些很重要的事情，不過曉潔的心中卻仍然有點不真實的感覺。

首先，在沒有其他已經獨當一面的道士協助之下，兩人聯手對抗了惑，這是兩人已經可以獨當一面的證明，更是通過了比成為道士更為艱難的期末考，不只是道士，而是兩個可以獨當一面的道士。

這是在繼承了鍾馗派之後，第一次曉潔覺得自己似乎不算辱了這個門派，也算是比較踏實的感覺。

而兩人之間的合作，更是破天荒，是兩個門派爭鬥多年中，不曾發生過的事情。

更重要的是，最後兩人的握手，更是有了重大的意義。

如果一切都照曉潔所想的進行，那麼鬼王派跟鍾馗派之間，這長年累月下來的恩恩怨怨，都在今天一筆勾銷了。

過去不知道有多少道長，甚至是呂偉道長，不要說完成這樣的理想，光是踏出這扎實的第一步，可能都不可能。

但是這一切，都在今天實現了。

當然，會這麼簡單就實現了，其實曉潔知道，有一個很重要的原因，就是目前的鍾馗派，就只剩下她這麼一個傳人。

真的是人家所說的，一人飽全家飽的悲哀狀態。

她確實是唯一可以實現這個理想，而且也確實達成這個約定的人。

只要她遵守約定，那麼鍾馗派確實不會有任何人再向鬼王派出手。

而且未來也差不多，畢竟不管未來鍾馗派如何發展，唯一可以確定的是，這些人都只能是曉潔的弟子，而她也非常確定，未來不管選擇傳承口訣下去的人是誰，她都會把這件事情再三告誡那個繼承人，要他或她絕對遵守這個承諾。

而這個和平的約定，至少已經完成一半了。

剩下的那一半，就是鬼王派的方面，能不能夠遵守，曉潔沒有把握。

至少，她相信鍾家續，不會是那個破壞這個約定的人，這對曉潔來說，也算是非常好的結果。

就是因為一切都如此順利，甚至有點輕易，才讓曉潔覺得有點不踏實的感覺。

洗完澡之後，曉潔回到房間裡面，看到放在桌上的手機。

在台北地下街的事件解決之後，曉潔跟鍾家續也交換了 LINE。

當兩人交換 LINE 的時候，詹祐儒在一旁情緒激動到渾身發抖，讓曉潔非常無言與無奈。

只是交換個 LINE，又不是交換訂婚婚戒，都不知道詹祐儒在激動個什麼勁。

當然交換這個 LINE，其實說穿了，就是曉潔希望等到時機比較好的時候，向鍾家續提出請求，希望他可以來協助解決C大的宿舍縛靈陣事件。

不過關於這點，詹祐儒當然不知道。

只見他一臉如喪考妣的模樣，看著兩人交換著通訊軟體，只差沒有淚流滿面了。

看在亞嵐的眼裡，真的是又好氣又好笑。

為了刺激這位多愁善感的學長，亞嵐也跟米古魯兔交換了 LINE，詹祐儒的反應果然也很大，只見他惡狠狠地瞪著亞嵐，感覺好像看到了漢奸一樣。

不過說穿了，不管是亞嵐還是曉潔，本來就對米古魯兔跟鍾家續沒有敵意，或許曉潔跟鍾家續之間有點競爭意識，不過比起詹祐儒與米古魯兔之間算是小巫見大巫。

或許現在就是最好的時機……

看著手機曉潔浮現這樣的想法。

因為寒假剛開始，加上雙方目前剛一起協力處理完一個案件，當然也不是現在立刻就應該要處理，不過就提出這個請求來說，或許現在正是最佳時機。

所以曉潔考慮了一下之後，決定這幾天約鍾家續出來，當面提出請求。

於是曉潔打開手機，卻意外發現，手機上提示燈閃爍著綠色的光芒。

將手機滑開，就看到了鍾家續傳來的訊息。

想不到自己這邊還沒有傳訊息過去，鍾家續已經先傳訊息過來了，曉潔點開通訊軟體。

鍾家續：嗨。

葉曉潔：嗨。

鍾家續：有件事情想要拜託妳。

「嗯？」曉潔心想，自己還沒有提出請求，鍾家續反而先有事情要拜託自己。

葉曉潔：請說。

鍾家續：這幾天如果方便的話

鍾家續：可不可以碰個面，有些事情想要跟妳談一下

當然，這對曉潔來說是求之不得的事情，畢竟她本來就想要跟鍾家續談關於學校宿舍的事情。

葉曉潔：可以啊。

鍾家續：好的，那看妳哪一天方便，我們約個地方碰面。

葉曉潔：明天可以嗎？

鍾家續：可以，那約在你們學校？

看到這裡，曉潔不免腦中浮現出「人運氣來了真的城牆都擋不住嗎？」怎麼自己什麼都還沒說，一切都好像在幫自己安排好了一樣。

葉曉潔：好。

鍾家續：那就約明天中午，在你們學校的校門口見。

葉曉潔：沒問題。

如此就算敲定了，接下來曉潔也計畫好，可以在學校附近找幾家可以坐下來好好聊聊的餐廳或飲料店，在那裡對鍾家續提出請求。

當然，如果情況順利的話，他們還可以立刻就去看看。

不過，當然曉潔也不免想到，鍾家續會因為什麼樣的事情找自己呢？

雖然說，不是很了解鍾家續會有什麼樣的事情想要拜託自己，可是一想到鬼王派會不會還有其他人，不免讓曉潔又開始擔憂了起來。

看樣子信任，真的是一件很難的事情啊……

睡前，曉潔這麼感嘆，不過雖然很難，但是曉潔還是決定，明天到學校跟鍾家續見面，至少，也要想辦法解決學校的事情才行。

3

曉潔跟鍾家續約在C大學校門前，當然這對曉潔來說，是最求之不得的地點。

畢竟如果順利的話，鍾家續也願意幫忙看看，或許今天就可以直接去男子宿舍看看情況。

至少這是曉潔打的如意算盤。

不過這次會面，並不只有曉潔跟鍾家續，曉潔也多約了亞嵐，除了讓她一起參與之外，更重要的一件事情，就是先前在回程的車上，曉潔考慮過的想法。

如果亞嵐願意的話，或許曉潔可以傳授一些口訣給她，不過因為鍾馗派的規矩很多，可能需要事先跟亞嵐說一下。

所以曉潔約了亞嵐比較早的時間，在學校附近的餐廳找了位置，將自己先前的想法說出來，詢問亞嵐的意見。

「嘟嘟啊，」曉潔對亞嵐說：「我有一件事情想要跟妳商量一下。」

嘟嘟是亞嵐的暱稱，一般只有家人與很要好的朋友才會知道。

「嗯？」亞嵐問：「是跟等等鍾家續有關的事情嗎？」

因為兩人接下來跟鍾家續有約，所以亞嵐才會這麼問。

「不是，」曉潔搖搖頭說：「是跟妳我有關的事情。」

「跟妳我有關？」亞嵐愣了一會，然後臉上露出邪惡的微笑：「妳該不會跟我說妳是喜歡女生的吧？」

曉潔白了亞嵐一眼：「當然不是，我是很認真的。」

「喔，」亞嵐臉上有點失望的表情：「那是什麼事情呢？」

「妳那是什麼失望的表情……」曉潔無奈地搖搖頭說：「妳真的不怕被人誤會嗎？」

亞嵐吐了吐舌頭。

「我是想說啊，」稍微調整了一下心情之後，曉潔正色道：「我們兩個上個學期下來，頻繁碰觸了那些案件，仔細想想這樣真的有點危險，尤其是對妳來說，常常都是雙手空空就得面對這些危險——」

沒等曉潔說完，亞嵐伸手制止曉潔說下去。

「如果妳是要勸說我退出，」亞嵐沉著臉說：「那妳可以省省了。」

「不是，」曉潔笑著說：「我不是這個意思。」

「喔？」亞嵐一臉狐疑：「那妳這麼說的意思是……」

「我想說，」曉潔說：「當然如果妳不反對的話，我想教妳一些口訣，當然我不期待妳可以記住全部的口訣，因為我們都知道妳的記憶力不是很好，不過如果可以挑選一些實用的口訣，應該也可以讓妳在我們未來的路上，有多一點的保障與安全。」

亞嵐張大了嘴，驚訝之情全部寫在臉上。

「曉潔，」亞嵐愣愣地說：「妳是認真的嗎？不要逗我開心喔，如果只是玩笑，我會殺人喔。」

「當然是認真的，」曉潔一臉嚴肅：「我不會拿這個開玩笑。」

聽到曉潔這麼說，亞嵐的雙眼似乎感動到都快要掉下淚來了，畢竟從小就對這方面的東西特別有興趣的她，如果可以學一點真材實料的東西，對她來說真的是件最帥氣的事情。

不過一臉感動的亞嵐，瞬間想到了什麼，立刻一臉失望沉下了臉。

「可是這樣……」亞嵐哭喪著臉：「我們是不是就不是朋友了？妳以後不就變成我的師父了？我不喜歡這樣啊，我還是想要當妳的朋友。」

「不，」曉潔苦笑：「我也不想變成妳師父喔，我們還是跟以前一樣是朋友。」

「那就太好了！」

亞嵐說完之後，開心地一把緊緊抱住曉潔，動作之大甚至讓餐廳其他的人都轉向她們這邊。

「真的，」曉潔小聲地說：「我們真的會被人誤會……」

不過亞嵐完全不管那麼多，興奮地抱著曉潔過了一陣子之後才不甘願的放開。

當然，亞嵐這樣開心的反應，的確在曉潔的預料之中，雖然過去沒有開口，不過每次只要曉潔提到口訣或者是鍾馗派的事情，亞嵐總是一臉認真到快要把人吃下去的表情，其實不時透露出她對這些東西的火熱興趣。

這常常讓曉潔不免想到，阿吉還真是可憐，有自己這樣的徒弟，學習的態度肯定沒有亞嵐這麼好。

不過這不是曉潔會約亞嵐過來的原因，畢竟傳授口訣的同時，有些事情還需要講清楚。

「不過雖然不是妳的師父，」曉潔依舊沉著臉說：「但是我們有些比較……保守的規矩，還是需要妳配合。」

「妳是說不能記錄下來，這件事情嗎？」亞嵐用力地點頭：「沒問題，我一定會遵守。」

「嗯，」曉潔點了點頭說：「其他雖然還有一些事情啦，不過我想接下來再慢慢說就可以了。」

亞嵐立刻看了一下手錶，距離跟鍾家續的約定，還有將近一個小時的時間。

「那麼我們事不宜遲，」亞嵐說：「立刻就開始吧！」

看到亞嵐這模樣，曉潔再次確定自己的學習態度沒有亞嵐的一半好。

還真是苦了阿吉啊。

內心覺得對不起阿吉的同時，曉潔也點了點頭。

「那麼就開始吧，」曉潔看了一下四周，確定沒人繼續注意兩人之後，開始背出口訣的第一段：「百零八之靈，自有其匯聚之地，各有其集氣之所。辨鬼而知其強弱，為王者之道。識之而後出手，為降魔之道。避其強而攻其弱，不臨危。以口訣治之，不犯險。吾乃鍾馗，此為吾畢生之所學，如今授汝以斬妖除魔、匡正世道。」

這一段是原始的口訣，也是一切口訣的開始，曉潔背出來之後，一一解釋裡面的字，由於不能手寫，所以也只能一個字一個字讓亞嵐確認。

然後半個小時後，亞嵐只有「吾乃鍾馗」這四個字沒有出錯，其他幾乎都背得亂七八糟，所有能出錯的地方都出錯了。

看樣子，記憶力真的是亞嵐最需要加強的地方……

不過今天總算也踏出了第一步，至少對曉潔來說，也算是處理完了第一件事情。

接下來登場的，就是與鍾家續的會面了。

兩人回到了校門口，不久後，就看到鍾家續前來。

會帶亞嵐來的這件事情，曉潔也已經先跟鍾家續說過了，鍾家續沒什麼意見，不過讓曉潔比較驚訝的是，鍾家續是自己一個人來，並沒有跟米古魯兔一起來。

三人進到C大學裡面，在走道旁的一個可以坐下來的地方，坐了下來。

簡單寒暄了幾句之後，鍾家續很快就進入了主題。

「妳在LINE裡面提到，」鍾家續問：「有事情想要拜託我，不知道是什麼事情？」

「你有聽過我們學校的傳聞嗎？」曉潔問：「就是一些靈異相關的傳聞。」

「有，」鍾家續點了點頭說：「畢竟C大可能是全台灣靈異傳聞最為盛行的一間學校。」

曉潔聽了不免在心中翻起了白眼，為什麼所有人都聽說過，就自己沒聽說過。

「事情是這樣子的……」

曉潔把學校宿舍五樓的事情，告訴了鍾家續，並且提出請求，希望鍾家續可以跟自己去看看。

「嗯，」鍾家續說：「今天我沒有帶東西來，雖然說可以先去看一下情況，不過我想還是準備妥當會比較好一點。我答應妳，這件事情我一定會幫妳一起處理。」

「嗯。」曉潔點了點頭：「那麼你那邊呢？是有什麼事情需要我幫忙的嗎？」

當然這也是鍾家續會約曉潔在這邊的主因，而且之所以會讓曉潔先說，就是因為這件事情，其實有點難以啟齒。

「那個，」鍾家續一臉為難地說：「我們先前在地下街對到的那個惑魔，我把這件事情跟我爸說了……」

聽到鍾家續這麼說，曉潔點了點頭，這似乎也沒有什麼不好說的，畢竟曉潔自己也有跟何嬤提過，如果今天阿吉還在的話，自己也肯定會跟阿吉說。

「當然，」鍾家續說：「因為我們兩家的……妳知道，恩怨。所以我沒有把妳的事情，告訴我爸。」

曉潔點了點頭，這是完全可以理解的事情，雖然說如果阿吉在的話，曉潔一定會把遇到鬼王派的事情告訴阿吉，不過就算隱瞞，似乎也沒什麼不可以的。

會這麼想主要有兩個原因，第一個原因就是，阿吉在告訴自己關於鬼王派的事情時，其實沒有帶有任何仇恨的情緒，就像阿吉自己所說的一樣，那是一段歷史的感覺。另外一個原因就是，阿吉還算明理，對於過去的恩怨，似乎也覺得沒有必要的感覺。

所以曉潔遇到鍾家續這件事情，如果阿吉還在的話，曉潔會選擇告訴阿吉。

但是如果阿吉是個很不理性，並且對於這種意識形態很強烈的話，曉潔就有可能隱瞞。

這種感覺就好像台灣很多家庭的政治觀一樣，有著不同的色彩，可能會影響一些人際關係，甚至聽說有些婆媳問題就是因為這樣的政治觀不同，而受到嚴重影響的事情，也多有耳聞。

因此，對於鍾家續沒有告訴自己的父親遇到本家的人這件事情，或許也可以解讀成他的父親對這種事情有著強烈的意識形態。

這點，曉潔多少也從鍾家續的身上感受到了。

「妳也知道，」鍾家續說：「我們兩家之間有過太多的……事情，所以我爸對於這件事情，還是比較傳統，所以我沒把遇到妳的事情告訴我爸。」

「我了解。」曉潔說。

「但是，」鍾家續接著說：「可能是這次真的太得意忘形了，我在跟我爸說惑魔的事情時，被我爸發現了一些端倪，因此……質問我是不是遇到本家的人了。」

曉潔皺起了眉頭，會這樣質問或許就代表著，遇到本家的人對鬼王派來說，還是跟過去一樣，是件大事。

「那你怎麼說？」

「能怎麼說？」鍾家續搖搖頭說：「我知道瞞不下去了，只好老實跟我爸說。」

這是一個警訊嗎？聽到這裡曉潔不免這麼懷疑。

確實在上個學期跟鍾家續相處的經過，讓曉潔覺得或許過去的恩恩怨怨都只是阿吉口中的歷史，流傳到了曉潔他們這一代，雙方之間和平相處應該不是件不可能的事情才對。

不過這麼想的同時，曉潔也覺悟到自己必須變得更強，才能夠保護自己。

原因很簡單，那就是鬼王派不是只有鍾家續一個人，她能跟鍾家續和平相處，不代表可以跟所有鬼王派的人和平相處，畢竟就連鍾馗派本身都曾經發生過這樣糟糕的事情，因此現在鍾家續的父親，或許就是所謂的變數。

「我有再三跟我爸強調，」鍾家續有點尷尬地說：「曉潔妳的為人，跟過去那些追殺我們的本家都不一樣，我也一直跟我爸溝通，關於跟本家和平共處的可能性……」

曉潔用力地點點頭。

「不過，」鍾家續皺著眉頭說：「我爸……唉，跟本家有一段過去，很難相信這樣的事情，所以……該怎麼說呢？我爸希望……不，我也希望……嗯……」

鍾家續欲言又止，掙扎了一會才看著曉潔：「我希望妳可以跟我回家，見我爸一面。」

這就是鍾家續的請求。

當然，不用其他人說，曉潔也知道，這是件很危險的事情。

不過，如果真的想要解決……至少跟鍾家續這一家人和平共處，這或許是條不可避免的路。

因此，在經過一段時間的考慮之後，曉潔答應了這個請求。

而就連曉潔自己都不知道，這次會面會為雙方帶來多大的影響。

4

當然，一方面是擔心自己好友的安全，一方面也是自己好奇心使然，在知道了曉潔要去見鍾家續的父親，也就是上一代的鬼王派傳人之後，亞嵐自告奮勇願意陪同曉潔一起前往。

兩人約好之後，一起跟鍾家續在外面碰面，然後跟著鍾家續一起回到他的家中。

鍾家續的老家坐落在新北市的一個住宅社區，一棟約莫三十多年的老公寓之中。

看著這棟老公寓，曉潔內心卻有種夜訪吸血鬼德古拉公爵古堡的感覺。

這裡……就是鬼王派的大本營嗎？

曉潔內心浮現出這個疑問，不過對於鬼王派其實不甚了解的她，根本不知道鬼王派的組織是不是跟鍾馗派一樣。說不定就連鬼王派自己的人都不清楚其他人在哪裡吧？

因為這些日子以來，鬼王派的人肯定過著不見天日的日子，這點曉潔還大概可以推論出來，而且可以肯定的是，他們這麼做的成效非常好，就連阿吉都不知道原來鬼王派還傳承至今。

不過這點就讓曉潔有點不解了，如果他們真的那麼小心，為什麼走在前面帶著兩人的鍾家續會這麼高調呢？他甚至讓米古魯兔在網路上大肆宣傳自己的戰績。不過回過頭想想自己，雖然已經打定主意要低調行事，但是還是被詹祐儒在網路上大寫特寫，還跟米古魯兔槓起來的自己，實在沒資格說對方不夠低調。

或許鍾家續也有他不得已的苦衷吧？

看著這棟鍾家續住了二十年，稱為家的地方，曉潔腦裡卻浮現出這一堆東西。

鍾家續對曉潔、亞嵐說：「這裡就是我家，在進去之前，可能我需要先跟妳們說一些事情。」

畢竟到頭來，這裡終究還是鬼王派的家，所以曉潔跟亞嵐說完全不緊張，是騙人的，不過這種緊張跟那種跟男友第一次到對方家見家長是完全不一樣的緊張，而是一種明知山有虎，偏向虎山行的概念。

因此一聽到鍾家續這麼說，兩人認真地聆聽著。

「我爸爸因為年輕的時候，」鍾家續一臉嚴肅地說：「發生了一些事情……」

鍾家續說這句話的時候，不自覺地看著曉潔。

「讓他在臉上留下了一些傷痕……」鍾家續說：「不是很美觀，希望妳們不要嚇到，就在眼睛的地方。」

鍾家續用手指從眼睛上方向下一路滑到臉頰，示意傷痕的位置，兩人看了之後緩緩地點了點頭。

「然後要先請妳們在這裡等一下，我先進去跟我爸說一聲。」

兩人點了點頭後，鍾家續先進屋裡。

看到剛剛鍾家續比的位置，亞嵐的心中第一個想到的是以前曾經風靡過的一款遊戲當中的主角，史克威爾多年前的日本角色扮演遊戲「太空戰士八」裡面的主角史克爾，在相同的位置也有一條刀痕，不過史克爾沒有瞎，而且那條傷痕非但不恐怖，還增加了主角的帥氣程度。

因此亞嵐實在無法想像，有個傷痕在臉上需要這樣特別強調嗎？

一旁的曉潔想的地方跟亞嵐完全不一樣，亞嵐著重在傷痕，不過曉潔更在意的是到底是什麼樣的事情，讓鍾家續的父親有了這樣的傷痕。

會有這樣的想法，是因為鍾家續說的是「發生了一些事情」，如果是意外之類的，大可以說是意外就好了，但是鍾家續說的卻是發生了一些事情，加上他們家的背景，實在很難不讓曉潔多想。

難道說，鍾家續的父親跟鍾馗派發生過什麼事情嗎？

不過既然是鬼王派，對手也不見得是鍾馗派，或許跟鍾家續一樣，年輕的時候曾經出外闖蕩抓鬼伏妖，結果因為發生了一些事情，導致受了傷，這也是很有可能的事情。

想到這裡，曉潔的腦海裡面，不自覺地浮現出阿吉的身影，確實在阿吉的身上也有許多傷痕，其中有些也挺怵目驚心的，像是曉潔曾經親眼見過的就是因為靈體判斷錯誤而被惡靈抓傷的傷口，還有阿吉說過因為鬼自蝕現象留下的傷痕，都是像這樣的狀況。

所以如果說鍾家續的父親，過去真的曾經對過惡靈，而留下傷痕，似乎也不是什麼大不了的事情。

反過來說，像自己這樣學藝不精到今天為止還沒受過什麼大傷，才真的是菩薩保佑。

或許，自己真的需要多加注意一點，雖然想要成長也要慎選對手，以免發生什麼意外。自己也就算了，要是傷到亞嵐跟詹祐儒，自己說什麼都難辭其咎。

至於先進屋子裡面看看狀況的鍾家續，其實說穿了，就是想要再次確認一下父親的精神狀況。

在三人約定的這一天，鍾家續一直很擔心父親的狀況，就像過去一樣，父親鍾齊德的精神狀況很不穩定，這點鍾家續很清楚，因此如果今天的父親精神狀況不正常，那麼鍾家續會立刻取消這一次的會面。

不過在鍾家續一大早醒來的時候，就看到鍾齊德已經穿好了衣服，精神異常的抖擻，準備迎接這個所謂本家的小姑娘。

當然面對這樣的父親，鍾家續知道會面將會正常舉行。

不過在拉開這個序幕之前，鍾家續還是想要先確定一下。

鍾家續走到神明廳門前，父親鍾齊德已經坐好在那邊等待著。

「來了嗎？」鍾齊德用僅剩的那隻眼睛，看著鍾家續。

鍾家續點了點頭的同時，也注意到了父親平常散亂的頭髮，今天也特別整理過了，整齊向後梳的頭髮，完全沒有半點遮蔽到那臉上怵目驚心的傷痕。

這應該就是父親的本意吧……

既然這樣的話，那麼就開始吧。

鍾家續深呼吸一口氣，然後轉身走回大門，將曉潔跟亞嵐引導到屋子裡面來。

亞嵐跟曉潔一起跟著鍾家續進到了屋子裡面，才剛進到屋子裡面，就有一種奇怪的味道，那感覺就好像門窗緊閉多年，悶了很久的味道，不能算臭，但是就是給人一種壓迫感的感覺。

除此之外，昏暗的燈光與門廊，更是讓人有種好像來到了鬼屋的感覺。

實在很難想像，正常人在這裡住了多年之後，會是什麼模樣。

看來鍾家續變成今天這樣，個性有點孤僻，多少也跟環境有關。

曉潔心中這麼想著。

鍾家續帶著兩人來到了神明廳的入口，兩人從後面看進去，一個年過半百的男子就坐在那邊，他低著頭，因此兩人還看不清楚面容。

「請坐，」鍾家續的爸爸用手比著桌子對面的椅子說：「本家的小姑娘。」

果然是一家人，聽到鍾家續的爸爸這麼說，亞嵐的心中有這樣想法，因為不管是鍾家續還是他，都把曉潔稱作「本家的小姑娘」。

兩人在鍾家續的爸爸對面坐了下來，一旁的鍾家續站在桌子旁邊，對兩人介紹。

「爸，藍衣服的那位就是本家的曉潔，另外一位是她的朋友亞嵐，」鍾家續轉向曉潔：「這位是我的爸爸，鍾齊德。」

鍾家續這麼介紹的同時，鍾齊德抬起了頭，臉孔在燈光的照射之下，嶄露在兩人之前，雖然說鍾家續已經先提示過兩人了，不過乍看之下，還是讓兩人肩膀震動了一下，只差沒倒抽一口氣。

一條爪痕從額頭外側向下延伸，通過了眼睛的部分，殘留下空洞的眼窩，一路到了臉頰才停下來。不只如此，光是傷痕的大小就讓人感覺當年恐怕是被人用鐵爪般的武器所挖傷的。

看著這樣的臉孔，兩人雖然勉強不動聲色，不過內心卻是浮現出許多想法。

這就是現實與電動的差別吧？

電動中像是這樣的傷口，多半完全沒有受到任何影響，感覺就好像臉上的一種光榮的傷疤一樣，甚至還有點帥氣。

但是現實生活中，看到了這樣的傷痕，真的只有恐怖兩個字可以形容。

這就是跟惡靈對抗之後的下場嗎？

亞嵐的內心不免這麼想。

或許，自己跟曉潔到今天為止，真的都只是運氣好而已。

不，是真的運氣好，因為至少在過去的情況之中，確實有很多可能一瞬間就會改變，造成難以挽回的結果的狀況。

亞嵐心中不免浮現出在殯儀館的那位櫃檯小姐，如果當時被那些殭屍攻擊的她，即使能活下來恐怕也比這位老先生好不到哪裡去吧？

或許，他們真的不應該再這樣下去了，如果這就是必須付出的代價。

當然兩人勉強的模樣，全都看在鍾家續的眼中。

「不只有妳們看到的這些，」鍾家續不帶情緒地說：「就連我爸的右手、右腳，也一樣被打廢了。」

鍾齊德低著頭，淡淡地笑著點了點頭。

雖然不知道實際上的情況，不過聽到鍾家續這麼說，便可想見當年發生的那件事有多麼慘烈了，這不免讓曉潔更好奇，到底是什麼樣的事情，會讓鍾齊德變成現在這個樣子。

「很恐怖嗎？」原本語氣都很平淡的鍾家續，這時有了點情緒，語氣冰冷地說：「我想妳一定很好奇，到底當年發生了什麼事情，對吧？」

聽到鍾家續這麼說，曉潔心中浮現出一股不祥的預感。

「告訴妳吧，」鍾家續仰著頭，凝視著曉潔：「這就是本家的傑作。」

果然……

其實曉潔心中也多少猜到了，但是真的聽到了，內心還是有點震撼。

當然到了這個時候，曉潔自己也親身經歷過鍾馗派最墮落的時刻，因此曉潔當然也知道，自己這個所謂的本家門派，確實有些為了口訣，什麼壞事都做盡的人，其中要說有人可以下這樣的重手、蠻橫無理，也不是不可能。

這就是這次會面的目的嗎？

讓我看看所謂的本家有多殘忍？

還是要我代替本家向你們道歉？

曉潔心中浮現幾個疑問。

不過不管是什麼目的，曉潔還是很想知道，到底是誰下這樣的重手。

「知道……是誰嗎？」曉潔問，語氣多少帶點心虛。

「當然知道，」鍾家續嘴角浮現出一抹冷笑：「我這一輩子永遠不會忘記他的名字。」

「誰?」

「呂、偉。」鍾家續咬牙切齒地說。

聽到這個名字，曉潔感覺體內似乎有個震撼的炸彈在腦袋裡面爆了開來。

呂偉道長?那個名聲顯赫的呂偉道長?下這樣的重手?

曉潔有種難以置信的感覺，不過現實就擺在眼前，至少鍾齊德被人傷成這樣，是不爭的事實。

但是……為什麼?為什麼呂偉道長要對他們下毒手?難道真的只是因為兩派之間的恩恩怨怨?

伴隨著這個對曉潔來說，絕對是震撼彈的消息而來的，是一連串更多難解的疑問。

曉潔當然想要搞清楚，不過在曉潔開口之前，原本一直靜靜坐著的鍾齊德開口說話了。

「妳很有勇氣……」鍾齊德的聲音顯得有點沙啞。

或許當年的事件也讓他的聲帶受損了，才讓他的聲音變成這樣，曉潔的心中這麼想著。

「竟然在這種情況之下，」鍾齊德接著說：「還敢單獨前來，跟我們父子倆見面。」

曉潔跟亞嵐聽到鍾齊德這麼說，不自覺地屏住了氣息。

「別那麼拘束，放輕鬆點，沒事的。」

這麼說的同時，鍾齊德的臉上勉強擠出了笑容，不過由於有一半的臉龐留下了恐怖的爪痕，似乎也影響了神經，因此只有一半的笑容看起來更是讓人害怕。

而看著這樣的笑容，曉潔跟亞嵐同時在心中浮現出一個感覺。

或許，答應前來這裡根本就是一個天大的錯誤，而且是一個兩人說什麼都無法改變的錯誤。

後記

大家好，我是龍雲。

在寫這篇小說的時候，我的貓咪去世了。

如果有加入我的粉絲團或者是比較早認識我的讀者朋友，應該都對她不會太陌生才對。

當初會養她，完全是因為機緣，我本人並不是那種非常喜歡小動物的人。

當時因為家母去世，友人擔心我一個人獨居，才會提議養一隻小動物來陪我。

雖然個人感覺不是很需要，但是第一眼見到她之後，還是被她吸引了。

看著她不太會走路的模樣，感覺應該是一隻非常安靜的貓咪才對。

當然事後證明我錯得離譜，但是跟她的緣分也就這樣開始了。

雖然對於她的離開，我還是很不捨，不過我並不打算在這邊分享悲傷的心情。

對於她這十一年的陪伴，我充滿了無限的感激。雖然最後心中有很多遺憾，不過這也是沒有辦法的事情。

這一次的這一本小說，因為一些關係，成為了我寫作生涯中，最長的單本小說。

希望她在另外一個世界，可以更加自由與快樂。

當然也很感謝各位的支持，希望這次的小說大家會喜歡。

龍雲

龍雲作品 15

黑夜決鬥者：少女天師

國家圖書館出版品預行編目資料

少女天師. 5, 黑夜決鬥者 ／ 龍雲 著. — 初版. —
臺北市：春天出版國際, 2017. 03
面； 公分. —（龍雲作品；15）
ISBN 978-986-94288-8-0（平裝）
857.7 106001935

ISBN 978-986-94288-8-0
Printed in Taiwan

作者 龍雲
封面繪圖 B.c.N.y.
總編輯 莊宜勳
主編 鍾靈
責任編輯 黃郁潔
美術設計 三石設計

出版者 春天出版國際文化有限公司
地址 台北市信義區信義路四段458號3樓
電話 02-7718-0898
傳真 02-7718-2388
E-mail story@bookspring.com.tw
網址 http://www.bookspring.com.tw
部落格 http://blog.pixnet.net/bookspring
郵政帳號 19705538
戶名 春天出版國際文化有限公司
法律顧問 蕭顯忠律師事務所
出版日期 二〇一七年三月初版
定價 249元

總經銷 楨德圖書事業有限公司
地址 新北市新店區寶興路45巷6弄6號5樓
電話 02-8919-3186
傳真 02-8914-5524